# 愛的時光隧道

## 江郎財進 詩集

# 目　錄

【推薦序】

8　　在愛的時光隧道裡一遊
　　　——序江郎財進詩集：《愛的時光隧道》
　　　顏銘俊

17　　愛之旅，傷心行
　　　——讀江郎財進《愛的時光隧道》
　　　鄭智仁

【代自序】

26　　騎著童年的馬，踢開「未能解脫的困惑」
　　　——專訪第三屆人間魚詩社金像獎詩人　江郎財進
　　　採訪撰文｜郭瀅瀅

【第三屆人間魚詩社金像獎詩人評審意見】

35　　多元取材，叩問現實
　　　評審撰文｜孟　樊

【序詩】

36　　足跡

## 輯一　熱傷害世代

45　乾裂鏡像
46　生態七疊
48　熱傷害八寫
51　燒焦的愛情五帖
54　燒夢
55　藍鵲叼菸
56　海龜吞塑
57　九蛙飛天
58　血月
59　殘藕
60　鬼針草
61　機器人天候

## 輯二　時光隧道

63　鰹仔魚之味
66　母恩五月
70　騎馬打仗
74　紅蟳走路
78　時間的腳勁
80　荒村履痕
82　冬雨小站
84　薪傳
85　飛升舞落
87　招潮蟹

愛的時光隧道

| 88 | 親情回眸 |
| --- | --- |
| 89 | 植牙 |
| 90 | 思覺迷因錄 |
| 92 | 灰白的夢魘 |
| 94 | 秋思冬念 |
| 96 | 煎魚 |
| 98 | 蛋蛋傳奇 |
| 99 | 時間的色澤 |
| 100 | 洗心革面 |
| 102 | 台北的天空 |
| 104 | 乾涸的夢鄉 |
| 106 | 公事包 |
| 108 | 偽出國 |
| 116 | 春之台灣欒樹 |
| 119 | 夏之台灣欒樹 |
| 121 | 秋之台灣欒樹 |
| 124 | 冬之台灣欒樹 |
| 127 | 礦坑裡的曲調 |
| 135 | 即刻救援 |

## 輯三　戰火浮生錄

| 141 | 愛情三疊 |
| --- | --- |
| 142 | 喝一口夜深人靜的烽煙 |
| 145 | 戰地毛小孩 |
| 147 | 雪落無痕 |
| 149 | 夜晚的英雄 |

| | |
|---|---|
| 151 | 出征的詩魂 |
| 153 | 地雷的獨白 |
| 155 | 基輔夜未眠 |
| 157 | 還至本處 |
| 159 | 疑惑 |
| 160 | 丟香菇 |
| 161 | 馬賽克 |
| 162 | 城市與廣場的絮語 |
| 163 | 匿名者 |
| 166 | 髮祭 |
| 168 | 萬人坑 |
| 170 | 洗碗 |
| 172 | 橫詩遍野 |
| 174 | 五臟六腑的躁動 |
| 176 | 秋聲無語 |
| 178 | 夢中灰燼——悼台灣勇士曾聖光 |
| 180 | 夢迴老人窩 |

## 輯四　凝視

| | |
|---|---|
| 187 | 蝴蝶游泳——寄是枝裕和 |
| 190 | 愛是支離破碎的雲 |
| 193 | 星艦迷蹤進行曲 |
| 197 | 不變的變奏曲 |
| 201 | 花樣情緣 |
| 203 | 焚寄胡波 |

## 附錄

209　　作品發表時間及刊物

## 推薦序

# 在愛的時光隧道裡一遊
## ——序江郎財進詩集：《愛的時光隧道》

### 顏銘俊

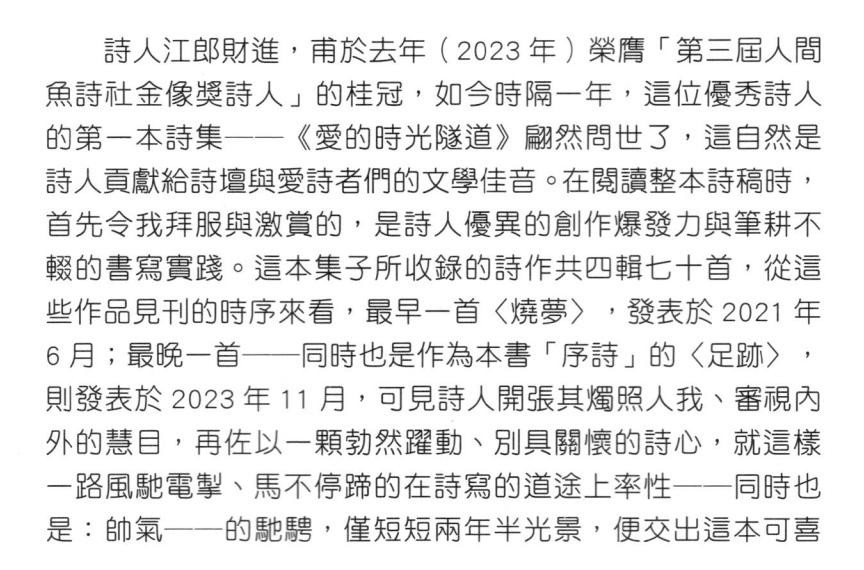

　　詩人江郎財進，甫於去年（2023 年）榮膺「第三屆人間魚詩社金像獎詩人」的桂冠，如今時隔一年，這位優秀詩人的第一本詩集──《愛的時光隧道》翩然問世了，這自然是詩人貢獻給詩壇與愛詩者們的文學佳音。在閱讀整本詩稿時，首先令我拜服與激賞的，是詩人優異的創作爆發力與筆耕不輟的書寫實踐。這本集子所收錄的詩作共四輯七十首，從這些作品見刊的時序來看，最早一首〈燒夢〉，發表於 2021 年 6 月；最晚一首──同時也是作為本書「序詩」的〈足跡〉，則發表於 2023 年 11 月，可見詩人開張其燭照人我、審視內外的慧目，再佐以一顆勃然躍動、別具關懷的詩心，就這樣一路風馳電掣、馬不停蹄的在詩寫的道途上率性──同時也是：帥氣──的馳騁，僅短短兩年半光景，便交出這本可喜

的階段性成果，詩人豐沛的創作欲望與傑出的寫作實力於此可見。

　　這些詩作在薈萃於這本集子之前，皆已發表在諸如《更生日報副刊》、《葡萄園詩刊》、《乾坤詩刊》、《台客詩刊》、《金門文藝》、《從容文學》、《人間魚詩生活誌》等報紙及文學刊物上，作品的質量基本上皆已通過諸多文壇方家的審查及肯定，不待筆者贅言論證；而從內容上看，詩人的創作皆乃叩諸現實、直面生活而來，且取材多方、關懷多元。先是「序詩」〈足跡〉一首，從詩人的「自我生命」出發，既冷靜、凝鍊又真摯、婉轉的速寫了詩人自幼及今諸多重要生命旅次與成長的腳跡。從中讀者可見，這朵如今光芒初綻、才思敏捷的拔萃詩花，乃抽芽於一甲子前的一座宜蘭海濱漁村，於是，屬於漁家子弟的一系列海洋記憶與原鄉印象，牽手著其祖父的溫慈親炙與陪伴，浸潤了詩人童騃時期的純真心靈，通過「海島舞動金光閃閃的獵食之翼／吞噬時間凝望的眼眸／瞬間喙叼，那尾苦命的飛魚／去餵食巢中羽翼已豐／即將展翅高飛的雛鳥／生命循環的鎖鏈／在阿公製作給你的釣竿，甩開／飛枝離巢的自然成年禮」這樣的詩段，詩人回溯到自我生命的早期經驗裡，帶領讀者一起回眸詩人對自我童年、家鄉、家業暨親情的深切印象，讀來不獨畫面感栩然，屬於詩人的自我感受與認知上的脈動，也隱隱流淌在字裡行間，極具感染力；其後芽苗漸次成熟、茁壯，包含大學時代研修戲劇的華岡生活、在雲門舞集打拚後台的工作經歷、電視電影圈子的從業經驗，再到其後進入基層農業機構、捲入選舉鬥爭、涉獵房地產事業，乃至如今出入股市的財富自由與習詩寫詩的文學實踐，凡此種種較諸常人更為豐厚、更為跌宕多

姿的生命閱歷，都被詩人的彩筆濃縮進六小節一百一十一行的組詩型秩裡娓娓道來了！

讀者若將「序詩」與輯二「時光隧道」裡的諸詩篇相參照，當更能理解輯二諸詩作的詩寫主題，從而也能更加了解詩人的生命、心靈與根本關懷。因而，在概覽過詩人的生命〈足跡〉後，讀者不妨逕自穿越到詩人專屬的「時光隧道」裡去，循著詩人的詩筆繪刻，一同看看詩人記憶中家鄉、父親與母親的輪廓，以及詩人童稚與青少年時期的青澀樣貌。譬如，從〈鰹仔魚之味〉的這些詩段：「於多刺的浪尖討生活／父親從南方澳的拖網漁船／卸下疲累且炙熱的太陽／捕魚返家」、「我幼小的赤腳／興高彩烈奔竄至碎石仔路口／聞著渾身魚腥味的父親／大喊——阿伯仔，阿伯仔！」、「阿嬤從小就叮嚀我／不要叫父親——阿爸／要叫——阿伯仔」、「祖母解釋，會這款稱呼你父親／是神明的聖筊裁奪／按呢你會比較好呦飼」、「你阿爸的八字，兩數不高／惡浪滔天、海神猙獰／討海人的命，親像風中的燭火／伊就只能被你叫——阿伯仔」、「阿嬤托言神明的交待／宛若鰹仔魚煎炙的腥臊味／苦澀，縈繞我披星戴月幾十載／直至阿伯仔那年嚥下最後／一口氣。隨灰燼，泊入罈罐裡／鑿刻在血脈相思的悠悠長河……」善感的讀者應能順著詩行的引導，在腦海中與詩人一同重構其早年的家庭生活片段；對漁鄉生活情境與討海人父親的印象；與父親、祖母之間曾有過的親切、自然的互動；舊社會中出於命相學原理的，不無迷信卻又飽含滿滿親情及祝願親人安康、家宅安寧的改稱行為。又如，通過〈鰹仔魚之味〉：「阿母把凝固的豬油／鏟一大匙放入燒稻草的／大鼎，口中念念有詞／南無阿彌陀佛、南無阿彌陀佛……／煎起了六道輪迴的魚們」、

「炙騰的鼎底，火吻魚身 / 燦發美麗色澤 / 鰹仔魚的紡錘切片滋滋作響 / 腥羶味逐漸昇華滿屋撲鼻芬芳 / 阿母鍋鏟翻煎著阿伯仔沈默的 / 粗礪歲月 / 在我童年心靈雕築溫婉的小確幸」，讀者彷彿能親眼目睹詩人的母親週旋於廚事的日常生活情境，同時也照見漁家婦人對海洋生命的感恩與敬畏，以及詩人與父、母雙親共同生活時的恬淡、幸福。而從〈母恩五月〉所言：「五月，沒有住嫦娥 / 也沒有飛玉兔 / 卻有一對相濡以沫的龍鳳雙胞胎 / 從冷峻又熱辣的月宮擠出來」、「我們兩條纏心的藤蔓 / 隔一日，各自游離母體 / 血塊流淌著幼芽初露的嚶嚶嚎啕」、「受難九個多月 / 子宮的黏膩血塊釋放阿母 / 瘦小的人間悲喜」、「阿母的童養媳歲月 / 劬勞辛辣的流淌著鍋碗瓢盆 / 薪火灶燒的煙燻」、「後來，輪椅的移居，在安養院 / 靜靜躺著失智失覺 / 滴滴清明潔淨的淚 / 早已落乾阿母久臥的床頭 / 母親含辛茹苦的魚腥味蕾 / 終也拿著老邁的煎匙身影 / 與我含笑揮別，燒入甕裡的輪迴」讀者則可以在情感較為濃烈的敘事詩行間，一窺詩人對母親畢生所受之艱辛——包含：分娩子女的強烈痛楚；難以為外人道的童養媳歲月；支撐家庭生活的含辛茹苦；晚年的失智失能與依賴輪椅、入住安養院等等——的共感、不捨與感恩、思念。總的來說，閱讀輯二「時光隧道」裡的諸詩作，讀者不獨能更加認識到詩人之記憶、家庭、原鄉、性格、職能、奮鬥、愛情、關懷等整體生命質量的蘊藉歷程與足跡——簡言之，便是詩人江郎財進之為江郎財進，乃一路邁涉過何樣的生命道路、一路見證過何樣的生活風景而來？並且，因為這些篇什率皆具有較鮮明的敘事性質，且給予了較濃厚的情感蘊藉，因而讀者讀之，當能較全面且具體的領略到詩人在詩性敘事與抒情方面的深厚功力暨表現技巧。

輯一「熱傷害世代」，則盡情演示了詩人的自然關懷，在輯中首篇〈乾裂鏡像〉裡，詩人便自云：「萬萬沒想到，你一枝霑不到墨水的毛筆／還能臨摹出五柳先生的桃花源記／現在你的鏡頭又回到曠野上／聚焦無明未來，那處處曝斃的動植物乾屍」，這堪稱是對本輯詩作之關懷意旨的自我宣言，詩人也確實通過輯中詩作，展現了極為剛健、強悍的批判文學精神，特別是對全球暖化現象的關注與憂心，這從詩人引「熱傷害」一詞作為輯名構成的語彙要素便可見一斑。輯中如〈乾裂鏡像〉、〈生態七疊〉、〈熱傷害八寫〉、〈燒焦的愛情五帖〉、〈燒夢〉、〈九蛙飛天〉、〈殘藕〉、〈鬼針草〉、〈機器人天候〉諸作，皆涉及了詩人對全球暖化問題與碳排放議題的觀照與省思，過程中也針砭了人心的愚昧、貪婪及政客的荒誕、腐敗；至於〈藍鵲叼菸〉、〈血月〉、〈海龜吞塑〉與〈核舞〉諸作，則顯影了空氣汙染、海洋污染與核污染的問題。這些作品不論篇幅上或長或短、形式上為單篇為組詩，皆常見靈活、精悍的意象運用與批判力道，可謂佳構紛出。如〈生態七疊〉裡：「河床Ｎ久沒有流水了／幾萬條太陽在河裡／游來游去」一節，以幾萬條「太陽」取代「魚兒」在河道裡肆虐、騁游的意象，將氣候極端炎旱，導致河道乾枯、河床龜裂的景象，寫得生動立體、入木三分；〈熱傷害八寫〉裡的：「我們的汗水被碳精靈蒸發掉／連地球的五臟六腑／都被榨乾了」、「南北極的冰層都溶化了／海水跟鄰家嬰孩一樣／一暝長一吋」同樣將極端氣候下，人體、地表乃至極地冰層都正承受著炎陽烤虐與不可逆破壞的生態浩劫，以淺近、樸素的語言，形象化十足的警況，傳達得如在讀者目前；又如〈燒焦的愛情五帖〉裡：「深夜，舉頭望李白／吳剛揹著桂樹／嫦娥抱起玉兔／也準備移民火星了／她們受不了

/熱傷害世代的熱核侵襲」、「核廢棒很調皮／一支支探出頭來／打地震／一支支飛起來／揍海嘯」與〈血月〉裡：「吳剛今晚想必穿著血衣漲著血臉／薛西弗斯般的砍著紅桂樹？月娘呢？是否翩翩飄落凡間／祈求官僚體系，務請宣布減緩碳排放／返還她的皓月當空？」等等別見機趣的詩行，更讓讀者看到，詩人能通過諸如顛倒事象因果、解構／改寫典故情節、為典故人物的心理代言等表現手法，將屬於當今世界的、迫切的生態困境，體現得既魔幻、深刻又輕盈、幽默，從而使詩作更具感染人心、引人深思的力量。

　　與輯一集中演示詩人的自然關懷相對的，在輯三「戰火浮生錄」中，詩人傾全力傳達了自我的社會關懷，尤其是對「戰爭」之殘酷罪惡的傳真與控訴，可以說，是一系列詩人之「反戰」與「反侵略」思想的詩性演述。品讀本輯中的詩作，特別能感受到詩人一腔悲憫的心懷，以及詩人必欲以文學、以詩歌來抵抗戰爭、抵抗侵略，同時也是──抵抗在世界各地炮製戰火、發動侵略之邪惡政客與集權政體的堅定意志。輯中〈出征的詩魂〉、〈橫詩遍野〉兩首，都表達了詩人對自我這份抵抗精神的、不無自省意味的宣言，如〈出征的詩魂〉說到：「聽說你們都稱呼我是／一個詩人／我現在老淚縱橫，躬屈著背脊／彎下膝來撿拾紛紛被擊斃的詩屍／血肉模糊啊我的兒啊我的孫啊／你們的魂魄請安息／你們的阿公我會一首又一首的／繼續咳血的吟詠／繼續揮灑著詩魂／繼續無畏的出征／直至蠟炬淚乾，油盡燈枯／讓老朽我福爾摩沙的詩魂奮勇前進綿綿無絕期」；〈橫詩遍野〉也言及：「我無畏無懼的努力啊！扛著詩上塔樓／撒詩，成豆、成兵、成砲彈」、「我的詩粒雖然還在電鍋蒸煮／我的詩句還在煎鍋裡爆香／我的詩行還來不

及滴汗／我的詩節還來不及流涎／我的詩集還在出版社悶燒／可是我懷抱著一腔熱血／就是要反抗，就是要反侵略／雖然我知道會在你的按鈕下／橫詩遍野……」就中可見，詩人自然深切的自覺著，自己所創作的一首首詩篇、一段段詩行，無法物理性的抵禦（或：阻卻）在每一處殺戮戰場上肆虐的刀槍、砲火與在戰爭科技的無止盡發展下，那些破壞力與殺傷力永遠沒有最強而只有更強的戰爭武器，然而，詩人會就此放棄抵抗嗎？此上徵引的文段，以及經已薈萃於本輯中的詩作，甚至是──在詩人筆下至今仍陸續有來的、那些源源見諸各報刊的一首首反戰詩篇，已經告訴讀者答案。

特別值得一提的是，在輯三諸詩作中，詩人經常置換敘述角度，企圖為讀者創造不同的閱讀效果，譬如：詩人時而以第三人稱的全知視角開展敘事，像報導一樁事件與一位人物般，或帶領讀者一同揣想某處戰地的蕭條與淒愴，如〈基輔夜未眠〉一詩便是如此；或揣想某位戰爭相關人物的見聞、感受與抉擇，如〈夜晚的英雄〉一詩，便刻畫了一名在俄烏戰火下，自烏克蘭南部札波羅熱城，獨自跨越 780 公里逃離到斯洛伐克邊境的男童，〈丟香菇〉一詩則設想了俄烏戰爭之始作俑者的侵略者視野，及起伏在其心中的殘酷掙扎與抉擇。時而則從第一人稱的敘述角度出發，試圖與某類型的戰爭事務介入者或受害者同位，代言這類人物的胸懷、目的或際遇、心境，如〈匿名者〉一詩所代言的，便是以「網攻」為手段，試圖制裁戰爭發動者的駭客族群；〈髮祭〉一詩則傳真了在戰火侵襲下，慘遭士兵性侵之女子的悲情際遇與心境。且更進一步的，還有輔以「擬人化」手法的運用，試圖從「非人」之事物的視角來反映戰爭之殘酷血腥的篇什，如

〈戰地毛小孩〉從「狗」的視野出發來描繪戰地；〈雪落無痕〉則以「雪」的身分傳達了詩人對戰場的揣想及對戰爭受害者的悲憫；〈地雷的獨白〉則通過一顆「地雷」對自身殺戮功能的自覺與——達成任務後的哀傷、自責，來傳達詩人對戰爭苦難的共情與哀憐。總之，從本輯詩作的多元表現形式來看，可見詩人殷勤於挖掘不同的形式與技法，冀望能更靈活、更具感染力的向讀者傳達自我對生命的關懷、對戰爭的厭惡、對侵略的抵抗。這自然是值得讚賞的。

最後是輯四「凝視」諸作，整本集子裡，以此輯詩作的選材最為單一，所詩寫者，乃詩人對「電影」作品的凝視與沉思。但詩人所凝視、所沉思者，又不僅僅是單一的電影作品本身，經常是延伸為對電影藝術工作者之整體藝術成就、根本創作關懷或特殊表現技法的概括與致敬，對史丹利・庫柏力克、對是枝裕和、對侯孝賢等知名導演皆是如此；甚至有直接發為追悼、懷想的作品，對自縊身亡的中國導演——胡波便是如此。因而我們也可以說，電影素材常常是作為一種詩人之情、思抒發的媒介而存在的，用以聯通詩人與上述諸多偉大電影藝術家的藝術心靈。因而讀者們正可通過品讀這些電影詩，時而窺見詩人對電影藝術家的總體認識與敬意——無論是針對藝術成就或技法，時而則共感到詩人對電影藝術家之關懷與心胸的心有戚戚，進而也關懷其所關懷、沉思其所沉思。並且，本輯所處理的電影率皆是足可影史留名的傑作，從日本寫實主義名導是枝裕和的《小偷家族》，到好萊塢殿堂級名導史丹利・庫柏力克的科幻電影開山作《2001 太空漫遊》、楊德昌的《牯嶺街少年殺人事件》、侯孝賢的《海上花》、胡波的《大象席地而坐》等都是，建議

讀者在閱讀本輯時，不妨在閱讀前或閱讀後，循著詩人的凝視目光，將輯中所處理的電影素材一一觀賞、細品，然後再回頭與詩人的詩作參照、對讀，深信必有質量益佳的閱讀收穫——對電影、對詩作皆是如此。

　　總的來說，閱讀這本集子是一次愉快的閱讀經驗，不僅因為詩人江郎財進自有深摯的情思、傑出的才情，更因為詩人的作品中所流露的各種關懷——或者更本質的說是：愛，無論是愛家、愛親人、愛自然（生態）、愛社會或者愛人、愛生命，都能讓筆者在閱讀過程中屢屢得到油然的共鳴；並且也因著這種共鳴，在閱畢全書時豁然開朗到：為何詩人會將詩集定名為「愛的時光隧道」？因而筆者誠摯邀請所有愛詩的讀者們：邁開你們的腳步，一起走進這條詩人精心構築的時光隧道吧！在這裡，可以一同見證詩人的博聞廣識、才思敏捷，一同品味詩人的幽默頻出、針針見血，一同思索詩人的辯證批判、蘊藉關懷；且更重要的是，一同巡禮詩人的生命質地與——時而踏實溫厚、時而熾烈廣博的：愛。筆者誠意推薦。

---

顏銘俊簡介：
台南人，1980年生，中央大學哲學研究所博士，長年於大學開設文學、哲學相關課程。著有《向文字深邃處摘星——華語文學評論集》、《「力動」與「體用」吳汝鈞「力動論」哲學與熊十力「體用論」哲學的比較研究》、《我是誰？一本小書也是一本大書》（合著）。

## 推薦序

# 愛之旅，傷心行
## ——讀江郎財進《愛的時光隧道》

### 鄭智仁

　　炎夏酷暑時分，捧讀江郎財進新出版的個人詩集，頓覺心頭更為暖熱，原來這是詩人極其真誠地以「愛」召喚了一條時光隧道，看去彷彿若有光，邀請讀者闖進他一手打造的元宇宙，實則是一幕幕寫實的電影人生。

　　江郎財進出身宜蘭壯圍的濱海漁村，影劇專業的背景使然，讓他的詩作格外多了畫面感與富有情節的戲劇性。如果詩集像一部電影，則詩人不僅僅是導演而已，亦是一位精湛的剪輯大師，《愛的時光隧道》共剪了四輯詩作，如「熱傷害世代」、「時光隧道」到「戰火浮生錄」與「凝視」，皆可看出「愛」便是其中最為關鍵的鏡頭語言。所謂隧道，通常意指一條鑿穿山或海的通道，因此這本詩集，正是作為一條重要的交通便道，連接詩人六十年以來的生命旅途。

　　詩，追求技藝，或也追求記憶。在〈序詩〉裡便交代了如何進入這條時間隧道，詩裡行間有諸多可以發掘的關鍵線索，綜觀全書寫作，更是扣緊了愛與反抗的課題。

## 翻轉鏡像

　　在輯一的「熱傷害世代」詩作之中，詩人從認定的「熱傷害」概念，意圖顛覆過往所謂「熱中暑」的說法，以其機靈的巧思，讓「熱」並非一頭熱而已，就如〈燒焦的愛情五帖〉所言：「一大片一大片的熊熊烈火／正在燃燒南北極融冰／鯨屍豚屍企鵝屍」，詩最後帶到了「核舞」，卻是控訴生態的浩劫。其他如〈生態七疊〉與〈熱傷害八寫〉，正是這般恐怖的情狀，無非是人類讓環境生態失序，導致諸多生物受到了牽連，於是詩人所寫的〈藍鵲叼菸〉與〈海龜吞塑〉二詩，反映人類造就的悲劇莫過於此。

　　這讓我想到李奧帕德（Aldo Leopold）在半個世紀以前所倡導的「土地倫理」（Land Ethic），人類始終沒有對腳下這塊土地有過深刻的了解與接觸，也無法產生愛和尊重，忘了有義務這回事。大規模的開發，不僅破壞了生態平衡，更導致全球暖化進行式，像「河床N久沒有流水了／幾萬條太陽在河裡／游來游去」，或是藍鵲為何會叼菸？「我急於向他解釋／棲息地不斷遭到破壞／我只得尋覓療飢止餓的機運而已。」甚且因為空氣汙染的嚴重，而出現了「血月」景象：

經年累月的懸浮微粒吸入
肺葉。仰首夜空
血紅射入我的視網膜
那小小的一輪
似乎想撲殺我的黃斑部

吳剛今晚想必穿著血衣漲著血臉
薛西弗斯般的砍著紅桂樹？

月娘呢？是否翩翩飄落凡間
祈求官僚體系，務請宣布減緩碳排放
返還她的皓月當空？

　　以上詩例無非顯現了江郎財進對土地生態的關懷，我們且看詩中對映的衝突張力，不但讓人感同身受，更進一步會燃起心中的怒火，畢竟我們都是身處在「熱傷害」的世代，誠如〈燒夢〉所寫：

抓筆，想抓住夢中瞬間的詩句
卻只能抓到一個字──燒。

　　而這一輯詩作，不難看出詩人有著更巨大的企圖，毋寧就是要去翻轉，不僅僅是改變熱傷害的傳統觀念，更多的意味則是翻轉人類中心的自我意識。以拉岡（Jacques Lacan）的理論來說，人類透過鏡像來建構自我，因而透過鏡像投射對這個世界的喜好。而布列松（Henri Cartier-Bresson）也曾表示：「攝影是唯一能夠精確地把轉瞬即逝的瞬間絲毫不差的固定下來的手段。」固然詩與攝影有相似之處，在觀看的同時，我們便進入了詩人精心設計的結構世界，窺見人類製造的禍害而倏然驚心，因此詩人乃刻意將人類所賦予的熱傷害，以鏡頭語言冷酷地保留下來，或如〈殘藕〉所寫：「風在乾嚎／人在枯坐，凝睇」，看似站在主體觀看的位置，最後發現橫屍遍池的殘酷：

出汙泥而不得不腐朽的
蓮藕，生生之脈
揮不掉熱傷害的夢魘靈根

　　連生生之脈的靈根都躲不了氣溫節節升高的劫難，即便繁殖甚強的鬼針草，也難逃被熱傷害「閹割了生殖能力」（〈鬼針草〉）。

## 愛是一條時光隧道

　　全集數量最多的是輯二的「時光隧道」系列，詩人擅以寫實手法描繪童年縈繞不去的記憶圖象，純樸而且深刻動人。開篇〈鰹仔魚之味〉即以長詩娓娓道來親情的酸甜苦澀，寫母親在廚房煎著父親所抓來的鰹仔魚，也寫出討海人父親的苦命，只因八字過輕，像風中的燭火，而被相信神的旨意的阿嬤交代，要詩人喊其父為「阿伯仔」。因此，當詩句最後特意轉化這道鰹仔魚之味，「阿嬤托言神明的交待／宛若鰹仔魚煎炙的腥臊味／苦澀，縈繞我披星戴月幾十載」，如今回顧親恩，就是詩人最真摯的愛之巡禮。

　　另一首長詩〈母恩五月〉，則側寫母親辛勞的一生，這般詩句不能過於雕飾，才能讓愛如此純樸而感人肺腑。詩裡寫道母親即便做月子，第七天就跟隨阿公去田裡忙碌，讓詩人到了耳順之年，懷想著仍是童年時母親炒米糠的芳香，跟隨阿母掃取灶口熊熊柴薪的背影，然而最難過的也就是送別，「母親含辛茹苦的魚腥味蕾／終也拿著老邁的煎匙身影／與我含笑揮別，燒入甕裡的輪迴。」

回憶，彷彿像夢一樣，在往後的工作職場上，詩人屢屢夢迴曾經去到的地方，如〈冬雨小站〉寫出內心難免有所波折，偶爾需要到小站休憩，才能抵達夢鄉，而家更是在下一站。或是道出最難以忘懷的場所，如〈薪傳〉、〈飛升舞落〉二詩，懷想自己曾在雲門的工作經歷與對友人的思念。

　　在時光隧道旅行，沿途可見的是詩人所留下的意象，卻又有所寄喻，如〈紅蟳走路〉就連結到童年所見的趣事，當阿公捕獲紅蟳，希望給孫子吃了，「親像這兩只強壯勇猛的鉗子／與大海車拚／卡有贏面！」

　　最遠，就是抵達童年，而選擇童年景象，不在還原，而是保留純真的模樣，江郎財進的詩作，不乏對童年極深的眷戀，如「童年的曬穀場／是我跳躍馳騁的／沙場」，或成年外出之後，「我不經意回村／想拾些童顏的回眸」、「我童騃的眼眸濕濡著親情的酸澀」。其中，童年之馬的意象，或化用白駒過隙的典故，語出《莊子‧知北遊》：「人生天地之間，若白駒之過郤，忽然而已。」像〈騎馬打仗〉一詩，從童年的騎馬打仗遊戲聯想到歷史與文學的馬，但這些不是抄襲模擬，就是幽冥曠遠難以企及，他的「童年的馬」仍在腦海裡不斷奔騰，是童年純真無邪的記憶馬蹄。

　　詩可以幽默，帶有諷謔的況味。有時，詩人也容易感嘆韶光流逝，「真想送我這中古的全身零件到／泰坦星給馮內果／看看能不能重新剪接／重新復刻科幻的星座（〈時間的腳勁〉）。如果說在這本詩集裡，要找到最真情的部分，這一輯詩作大抵如是，尤其詩人猶能應和時事，即便疫情期間，

也能自得其樂，自我解嘲，如〈煎魚〉一詩，便出賣自己的迷糊事，忘了妻子外出而交代關火的囑咐，只因忘情於寫作：

二十幾分鐘後
焦臭味滿屋飛
廚房的魚
被我煎成了阿房宮
老妻的臉
被我燒成了圓明園
清照姐的美腿
被我炸成了一首
血肉紛飛的坦克腿之歌

另一首〈蛋蛋傳奇〉同樣別有風趣，寫妻子做菜時需蛋孔急，而詩人外出卻連一顆都沒買到，不是被李蓮英搜刮，就是被太史公搶購一空，利用「元宇宙」概念戲謔了所謂「吃蛋補蛋」的說法，而詩的末尾更如荒謬劇一般，妻子打電話報警，要告「精神虐待」，正呼應了這些年百姓買不到蛋的集體恐慌，儘管江郎再有財進，也買不到一顆蛋回來交差了事。

## 愛在戰火蔓延時

詩，可以舉重若輕，亦可以沉重到必須用詩來作為反抗的書寫策略。江郎財進曾引用巴勒斯坦詩人達爾維什（Mahmoud Darwish）所寫的詩句為自己辯解：「每一首美麗的詩歌，都是一種抵抗。」因而在詩質上形塑而來的反抗美學，成就了

他一篇篇的「傷心行」。

　　唐代的李賀曾寫過一首五言古詩，詩題為〈傷心行〉，乃為批判當時政治的黑暗與社會現象的敗壞，正是「古壁生凝塵，羈魂夢中語」，李賀年紀輕輕，便以老成的姿態訴說傷心的經歷，困頓的人生。江郎財進則化為行吟詩人，銘刻了他傷心的戰火浮生錄。

　　在這輯詩作中，江郎財進寫戰火，既寫烽火連天的真實戰爭，也將愛情與戰事連結，無不舞出了一種新意，如〈愛情三疊〉寫愛情海：「夜黑風高／濤聲似劍，戳過中線／兵凶戰危的那顆／牽腸掛肚的心」。或是在生活中感受戰爭的驚悚，如〈洗碗〉所寫：「洗碗精滑溜溜／彷彿滑進聶伯河的雪地／螢幕猛烈傳來的砲火聲／炸得我脆弱不堪的詩手／把老妻圓圓胖胖如月亮的臉／一個恍神洗破在水槽裡／噴濺出淒白蒼涼的月光碎片／也噴濺出我勞什子的詩情話意」。或〈五臟六腑的躁動〉寫活了廚房如戰場的情形：「老妻在廚房的爐子上／吱吱喳喳地煎鍋，油炸／彷彿遠方的砲火／轟轟烈烈炸響／嚇得我絞盡腦汁剛吐出的這一行詩／魂飛魄散／差一點詩骨無存。」

　　詩中也不乏從物的角度來書寫，像是〈地雷獨白〉與〈雪落無痕〉便是刻劃戰爭的無情。亦有〈夜晚的英雄〉與〈髮祭〉這類詩作，以小孩童稚的視角看待這場殘酷的戰爭。當然，最為深刻的部分，仍是詩人以各種視角來描述這場尚未停火的烏俄戰爭，最讓人心痛的是〈基輔夜未眠〉一詩，乃以大量排比句式營造了戰爭急促的節奏感，更化用佛家語錄，

轉化一朵雲的各種苦難想像，連神也愛莫能助，最後滴落下來的是基輔無助的淚，「啊！淚，瀝瀝淚滴聶伯河／淚滴孤苦殘破的基輔夜未眠」。

## 後設的凝視

　　全書第四輯是一系列致敬電影導演的詩作，讀者正可從中感受到詩人傾心的導演風格，舉凡是枝裕和、楊德昌與侯孝賢，正巧都是新浪潮後的導演，也包括名導演庫柏力克（Stanley Kubrick），以及執導《大象席地而坐》的導演胡波。而為了致敬，詩人首要熟稔他們的電影作品，也必須剪輯與融匯各個電影場景，然後從「後設」的角度來賦予新義，像〈愛是支離破碎的雲〉一詩，便是憑藉《小偷家族》的角色去想像戲中角色的心境，詩人對導演更給予高度的肯定，認為生活不如一鏡是枝裕和。

　　此外，以楊德昌《牯嶺街少年殺人事件》為本而寫成〈不變的變奏曲〉，則有其後設的思辨，生活總是一成不變，在戒嚴體制下有些理念始終無法改變，像電影裡小明說的「這個世界是不會變的」，故詩人反覆叩問人性善惡，無非「我殺社會，殺體制，殺國魂／殺妳青春無悔，殺愛情萬歲！」究竟殺的是心愛的人，還是刺向這個體制？但為情所困的少年，應仍有最深沉的情感不為人知，在詩的末尾，詩人特別揣想小四入獄後的心境：

我還在獄中緊緊擁抱
小明昔日愛的魂魄

我還在努力丈量變與不變的距離
淚痕隨著妳的曬衣架風乾後
陽光就會普照
有情天空還是值得我們細心仰望。

　　情不知所起，一往而深，《愛的時光隧道》讓人讀出有血有淚的詩作，不僅寫自己身世與親情，也銘刻了戰火浮生錄，畢竟「情之所鍾，正在我輩」。詩人腳踏這塊土地，投以深情的凝視，傷心這個世界的不公不義。陳世驤提過「政治愛情複合情意結」，說明了愛情可視作「自我」的問題，政治則可視作「超我」的問題。

　　約翰・伯格（John Berger）說得很好，「我們注視的從來不只是事物本身；我們注視的永遠是事物與我們之間的關係。」在讀江郎財進這本詩集時，同樣能感受到這種氛圍。詩集處處可見詩人不刻意賣弄艱澀的文藻，而以寫實筆法穿織其中，顯而易見的是悲憫情懷，因此更顯得怵目驚心，畢竟詩不是一種語言，一座精緻的巴別塔而已。詩愈寫實，更益見真誠，也愈發人深省。掩卷走過這條愛的時光隧道，相信江郎財進有著心之嚮往的真情世界。

鄭智仁簡介
鄭智仁，臺南人，國立東華大學中國語文學系博士，曾獲打狗文學獎、優秀青年詩人獎、第五屆周夢蝶詩獎首獎。寫詩，教詩，也研究現代詩與現當代文學，現為高雄醫學大學語言與文化中心助理教授。著有詩集《時間的節拍》（時報出版社，2022）。

## 代自序

# 騎著童年的馬，
## 　　踢開「未能解脫的困惑」
—— 專訪第三屆人間魚詩社金像獎詩人　江郎財進

### 採訪撰文｜郭瀅瀅

在質樸的語言、生猛而強健的表達張力下，流淌著溫柔與深厚的情感。江郎財進的詩紮根於現實生活——在宜蘭縣一座小漁村成長的他，從小看見父母、祖父母為生活打拼的艱苦身影，而北漂讀大學時，他也勤奮打工來賺取學費、房租與生活費，並從事電影、電視、劇場幕後工作，後來改行，進入基層農業金融機構任職，接著步入房地產市場、股票市場。

深入不同社會階層而練達的他，以詩記述生命的歷程與淬鍊後的感悟，並企圖透過語言，召回那存放於童年歲月的純真、青澀與無邪——儘管貧困拮据，卻有著往後時光無法取代的美好與純粹。於是在詩裡，詩人渴望藉由兒時遊戲「騎馬打仗」的「馬」之「詩蹄」，踢開那隨著年歲而漸增、未解的內在困惑或紛雜的心緒，並越過現實的荊棘而持續往前——一如他的詩中經常流露的一股進取氣息——也許那正是來自討海人家庭所具有的堅毅、率真與剛強的生命力。

## 在青春裡萌芽的詩

**郭瀅瀅（以下簡稱「郭」）**：您是從哪時候開始萌生了創作詩歌的念頭的？當時的情境是什麼？

**江郎財進（以下簡稱「江」）**：我出生於宜蘭縣壯圍鄉，一座濱海小漁村。國小時，一位海防部隊的軍官隊長輪調到村裡，女兒也轉學到我們班上，我和她的磁場很契合，並發展出了青梅竹馬的情愫。國中時，她隨著父親的輪調到台北，我們從此分隔兩地，只能以書信往返。到了高中，大概是青春費洛蒙旺盛的緣故，我的思念之情特別殷切，在一個狂風暴雨的颱風夜裡，荷爾蒙衝腦的作用下，不知不覺寫了一首情詩，準備在風吹雨打停歇後，寄給思念的她。

那首萌芽在青春期裡的情詩，大概只是像陶藝品的粗坯，是尚未經過捏塑、打磨、修飾、彩繪、窯烤而成的精緻成品。回想起來，也宛如混沌初開的天光，吐納著未知的茫茫天涯路。我寫給青梅竹馬的初戀情詩就是如此青澀與茫然。我對詩的深刻體會，是等到非常晚的職場時期，才真正認知到箇中的妙處，算是一隻慢啼的小格雞。

## 寫實：對成長經驗的回眸

**郭**：您的兩首長詩〈母恩五月〉、〈鰹仔魚之味〉具寫實性，並以家族記憶為書寫主題，請談談這兩首詩，以及記憶與您詩歌的關係？

**江**：這兩首詩及〈騎馬打仗〉、〈紅蟳走路〉均以寫實主義的手法，來描繪童年時親情互動的記憶，也敘述了我與

父母、祖父母間的生活點滴,是我對成長經驗的回眸詩篇。祖父從年輕到壯年,都在宜蘭東澳粉鳥林漁港的鰹仔坑捕魚,期間,祖母陸續生了八個子女,生活的重擔可想而知。後來,祖父從鰹仔坑退休,回老家耕種五分多地的水田,及防風林空地墾拓而成的零星菜園,並參加村子裡的舢舨舟(罟舟)濱海「牽罟」捕魚作業,來補貼、餵養嗷嗷待哺的眾多子女們。

　　我父親是長子,十六歲就必須到南方澳的拖網漁船上工作,「討海人」成為暫無可逆的家族粗工職業。我童養媳的母親,被我祖母送作堆,與我父親結婚後,陸續生了五個子女,而我是長孫。一整個世代,祖父母與父母親就在食指浩繁的生活環境中,勞碌奔波地工作度過,這是日治時期過渡到戰後嬰兒潮,台灣底層家庭共同的歷史宿命。

　　道德經云:「人法地、地法天、天法道、道法自然。」我認為詩歌當然也要師法自然。詩即生活,生活即詩,詩仰望自然法則、揮灑詩人的天空。詩人以樸實無華的語言,在意象與情境的建構中,真情流露地傳達情感,這是寫實主義詩歌的寫作依歸。至於現代主義或超現實主義,乃至後現代的詩歌書寫,則是另外一個波瀾起伏的悠悠天地了。

　　**郭**:您曾從事電影、電視、劇場幕後工作,後來又改行考入基層農業金融機構任職,並步入房地產市場、股票市場等,您如何看待生活、工作經驗與您創作的關聯?

　　**江**:一般來講,從親身體驗過的生活工作經驗題材寫成的詩篇,詩人寫來自是駕輕就熟,詩作的意象情境、文字語言的拿捏比較能切中要害。然而其中最忌諱的是如新聞報導

般的複製貼上、散文化的鬆弛語言,讓詩質蕩然無存,而成了「偽詩」。不過,沒有親身生活經驗過而寫成的詩篇,也有可能是讓人回味無窮的好詩,例如洪範版的《瘂弦詩集》卷之六「斷柱集」的地誌詩〈羅馬〉、〈印度〉、〈耶路撒冷〉,瘂弦並沒有親臨其地,寫來卻是精彩萬分。然而,杜甫遭逢安史之亂的顛沛流離,幾經逃亡的流離失所,寫出的〈春望〉、〈自京赴奉先詠懷五百字〉以及「三吏三別」,其九死一生,切身詠懷而出的泣血之作,成就曠世名篇,流傳千古。

## 「每一首美麗的詩歌,都是一種抵抗。」

郭:讀您的詩作時,經常感到一股強勁的表達張力。您通常是在什麼狀況下完成一首詩?以及,促使您寫下一首詩的動機是什麼?

江:我書寫的詩域廣闊,任何類型、題材的詩都能毫無障礙的上手(當然好壞暫時不論)。其中,我對人間魚徵選的「反侵略詩」,著墨特別深。孩提時期,祖父就曾告訴我,他兩個堂兄弟的兒子,在二戰時被日軍徵調到南洋當軍伕後,一個下落不明,一個被送回來毛髮和指甲,這在我小小的心靈裡烙下巨大的陰影。再後來,讀到瘂弦的詩作〈上校〉、〈紅玉米〉、〈戰時〉、〈鹽〉,以及賴和的〈南國哀歌〉、陳千武的〈信鴿〉,更加深我對戰爭迫使人們骨肉分離的厭惡情緒。

現在,海峽中線的共機不停歇地越線侵擾,乃至於「三海鉗形攻勢」認知作戰的侵吞恐嚇,以及遠方烏俄的激烈戰況,在在讓我血脈賁張,時不時想要寫出反侵略詩來紓解我

焦躁的情緒。在此心裡情境下書寫而成的詩作，就有您所提問的「讀您的詩作時，經常感到一股強勁的表達張力。」然而，「一股強勁的表達張力」的反抗詩學，其詩語言的表達，並不是標籤化的空泛口號和濫情的宣言，或者漫天吶喊的目的論，而置詩質於不顧。

巴勒斯坦詩人達爾維什（Mahmoud Darwish，1941-2008）詩云：「每一首美麗的詩歌，都是一種抵抗。」又云：「我放棄的是創作直接的、意義有限的政治詩，而未曾放棄廣義的、美學意義上的抵抗。」因此，如何寫出一首美麗的詩歌，寫出一首廣義的、美學意義上的抵抗詩歌，才是詩人必須嚴肅面對的課題。

## 藉著「童年之馬」的「詩蹄」

郭：您在〈騎馬打仗〉一詩裡提到「童年的馬」、「歷史的馬」、「文學的馬」，談談這三種「馬」在您詩作中的交互想像，以及您童年記憶裡的「馬」。

江：由於父親在南方澳捕魚，童年時期除了上學之外，我大部分的時間都亦步亦趨地跟著從粉鳥林漁港退下來、回到老家耕作的祖父，當他的耕種小幫手。而空下來的時間，則是與村子裡童伴們玩著各式各樣的遊戲，打陀螺、放風箏、跳房子、踢銅罐仔、玩彈珠、玩尪仔標、殺手刀，以及騎馬打仗等等遊戲。

〈騎馬打仗〉這首童年記憶之詩，也是以寫實的筆觸，掀開童年天真爛漫、無憂無慮的快樂時光。前三節，我以馬的意象，虛實相扣，寫實與想像碰撞著詩的火花，從「歷史

的馬」、「文學的馬」導入我天真無邪的「童年之馬」。「歷史的馬」，我以關雲長的赤兔馬、亞歷山大大帝征服世界的戰馬作響導，左衝右突，馳騁大地來到「文學的馬」，企圖以我腳下的「童年之馬」歌詠祖孫親情的教養情境。其中，「文學的馬」暗喻當年三首詩的小小爭議與漣漪，它們分別是汪啟疆〈馬蹄涉水聲〉、蘇紹連〈那匹月光一般的馬〉與游善鈞〈褪色的馬〉。

木心在〈童年隨之而去〉一文裡說：「孩子的知識圈，應是該懂的懂，不該懂的不懂，這就形成了童年的幸福。我的兒時，那是該懂的不懂，不該懂的卻懂了些，這就弄出許多至今也未必能解脫的困惑來。」時至今日，我藉著〈騎馬打仗〉腳下「童年之馬」的「詩蹄」，踢開「未必能解脫的困惑來」，從而擁抱生活拮据但天真無邪的童年幸福。

郭：此外，您似乎也透過鄭愁予、瘂弦，隱隱指出在這塊土地上，文學裡的不同「鄉愁」？

江：在二戰結束後，接著國共內戰，一批流離失所的中國青年隨著國府敗戰，撤退來台灣。在驚魂甫定，稍事安頓下來之後，這些隨軍來台的文學青年的創作，綿密地籠罩在「文化鄉愁」的哀傷泥淖裡，千迴百轉，久久相思不去。在詩歌創作方面，如前述的瘂弦、鄭愁予，以及周夢蝶、洛夫、張默、余光中等皆有可觀的文化鄉愁之作。另一方面，殖民地台灣的詩歌傳承，則有另外一幅風景。從日治時期的「鹽分地帶」到「風車詩人」、水蔭萍（楊熾昌）、賴和、楊華、郭水潭，再到二戰後「跨越語言的一代」：林亨泰、陳千武、白萩。台灣鄉土文學論戰後，楊牧擎起詩歌大旗，風起雲湧出「台灣文學」的輝煌年代，李魁賢、鄭烱明、江自得、李

敏勇、向陽、焦桐、陳育虹、路寒袖、李進文一路接續歌詠不輟。我在詩中隱喻了「台灣文學」韌性前行的未來朗朗之路。

現在的台灣，年輕一輩的詩人，代有人才出，已經沒有所謂文學裡的不同鄉愁之分，有的是已經融合在福爾摩沙的文學大纛，旗正飄飄地邁向世界文學的遼闊大道上。

## 對網路詩社的期許：
## 鑿寬小眾市場的既有路徑

郭：您對網路詩社有什麼觀察？或有什麼期許？

江：我對近幾年來網路詩社的蓬勃發展持正面、樂觀的看法。台灣早期詩社自日治時期的鹽分地帶、南溟藝園社、風車詩社，再到國府遷台以降的四大詩社：現代派、創世紀、藍星、笠，乃至一九七零年代至世紀末風起雲湧的大學詩社及新興詩社的蜂擁而出，顯現的是如過江之鯽，在白駒過隙之後，大部分詩社都是旋起旋滅，淘汰迅速。在達爾文「物競天擇、優生劣敗、適者生存」的進化論法則下，實屬不得不然。來到新世紀二零年代的今天，能存活下來的舊詩社都已跨足到新興的網路詩社的疆域。

現今網路詩社的發展，必須日新月異的創新、財力支援的務實、詩社同仁的素質水平、紙本與電子詩刊的穩定發行、各種主題詩作的優異徵選，如此才能吸引老中青詩人群的參與詩作發表的慾望，而且要戮力拓展閱詩大眾的目光，讓市場行銷熱絡，鑿寬小眾市場的既有路徑，從而保持可長可久的永續經營的願景。

郭：您具影視專業背景，對「詩電影」有何看法或期待？以及，您有無特別想將之影像化的詩作？

江：詩的跨界或跨媒體演出，我是極力贊同的。台灣自1960年代起，黃華成在《劇場》雜誌期間就曾嘗試詩、劇場與實驗電影的跨界演出。到了羅青的「錄影詩」，陳克華的詩與繪畫的結合，「行動派詩人」杜十三推動跨媒體「詩的聲光」之展演活動系列，乃至在數位浪潮下形成的「帶電的詩體」，將新詩融入網際網路的程式語言與動畫結合的「數位詩潮」，一棒接一棒，風起雲湧。只是，新世紀第一個十年之後，這些歷史如煙的浪潮，最終還是只留下回眸的倩影，沒有產生關鍵性的延續種子。

這次人間魚詩社推出的兩部，將得獎詩作影像化的「詩電影」，我看過後感覺頗有可觀之處。詩語言與影像語言，存在著多重空間與視覺等五感的想像差異，期間文本如何被優雅地轉譯，從而產生優異的「詩電影」，是有繼續努力的空間。我想，如果將我童年記憶之詩，如〈鏗仔魚之味〉、〈母恩五月〉、〈騎馬打仗〉、〈紅蟳走路〉等，選一首將之影像化，應該是拍攝者比較難處理的吧！因為寫實與情節紛繁的長詩，以抽象化的影像「詩電影」處理起來會比較費事，如果不抽象化，就有可能變成在拍劇情長片了。

# 讓燦爛的「五色筆」安放在懷中

郭：您的筆名很有趣，談談您的筆名。

江：「江郎財進」這個筆名，是來自成語「江淹夢筆」與「江郎才盡」的歷史典故。江淹（西元444-505），生性

沉靜好學,年少時就在文壇享有盛名,世稱「江郎」。根據《太平廣記・夢二》所載,「江淹少時,夢人授以五色筆,故文彩俊發。」世人遂用「江淹夢筆」比喻文思大進。此外,據《南史・江淹傳》稱,「嘗宿於冶亭,夢一丈夫自稱郭璞,謂淹曰:『吾有筆在卿處多年,可以見還。』淹乃探懷中得五色筆一以授之。爾後為詩絕無美句,時人謂之江郎才盡。」

我出生在戰後嬰兒潮物質貧乏的宜蘭縣壯圍鄉濱海小漁村,長大後總是希望能夠掙脫貧乏的生活。在決定筆名時便將「才盡」改成「財進」,取其「財源廣進」、「財源滾滾進」的意思。我現在最大的願望就是祈禱郭璞不要來夢中找我,讓那支燦爛的五色筆一直安放在我江郎的懷中,讓我持續「文思大進」,以急行軍的速度,在未來的歲月能夠多出版幾本「文彩俊發」的詩集。

(本專訪登載於 2023 年 9 月《人間魚詩生活誌》第 14 期。)

---

郭瀅瀅簡介

1988 年生,哲學系畢業。獲優秀青年詩人獎、中華現代詩獎金質獎。詩文、攝影散見報刊雜誌。曾任新聞編輯、記者,現為《人間魚詩生活誌》主編。

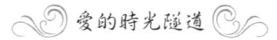

第三屆

人間魚詩社 金像獎詩人評審意見 編號7

文：孟樊

# 多元取材，叩問現實

　　相對於其他進入決審的得獎作品，編號7號詩人的這些詩作，文字較為質樸可感，雖然有些語言過於直白，語意袒露（如台語詩〈白翎鷥〉），但他利用複沓、排比、層遞、反諷、對比……乃至反覆迴增手法，使詩質不至於過分鬆散。

　　就題材而言，不像其他詩作多涉及詩人「內心戲」的展演──故意賣弄難以卒睹的意象，編號7號詩人的詩作較能多元取材，叩問現實，多首詩作尤能凸顯反戰主題，殊屬難得。再就本次徵獎所要求的評審標準之一──多元表現不同的詩類型──來看，編號7號詩人這些詩作也是最符合徵獎要求的，除了攝影詩與長詩之外，還有台語詩、散文詩、論詩詩、戰爭詩等，可見其極寬的詩路。但散文詩〈馬賽克〉一詩第二節後半突如其來的「峰迴路轉」，未免弄巧成拙，殊為可惜。

附註：編號7號詩人為江郎財進，由於是匿名評審，評審於決審會後方知得獎者姓名。

# 序詩

# 足跡

# 1. 海的波濤

越過防風林，炙燒的沙灘
有你跟隨阿公，拉著
童少奔馳的腳印。
牽罟的漁網
白帶魚、煙仔虎、透抽、午仔魚
在收攏的網內掙扎跳躍
龜裂的生之憂傷
魚們逐漸死白的眼瞳，尚未瞑目。
你揮手，龜山朝日的粼粼波光
掩映招潮蟹避走洶湧的浪濤
鑽入海灘的沙洞喘息。
孤寂在浪下玩弄死亡遊戲
蜉蝣潮生潮滅
鬼頭刀的齒縫結著痂
海鳥舞動金光閃閃的獵食之翼
吞噬時間凝望的眼眸
瞬間喙叼，那尾苦命的飛魚
去餵食巢中羽翼已豐
即將展翅高飛的雛鳥。
生命循環的鎖鏈
在阿公製作給你的釣竿，甩開
飛枝離巢的自然成年禮。

# 2. 離鄉的水田

水車滾輪著你青少年的腳勁
踏著溪流灌溉水田的乾旱季節
泥鰍溪中追逐著大肚魚,嬉戲
白鷺鷥細長的腳
給插田未久的綠油油秧苗,站崗
讓時間過得理直氣壯。
水蛇蜿蜒,靜謐欺近
青蛙呱呱呱,呱入蛇信的肚腹
生命循環的午後
在廣袤的蘭陽平原演繹。
跪地挲草的密技
宛如跪天拜地,在眾神的眼翳
泥濘滿膝蓋,阿公
傳授的五爪功,手到之處
莠草屍身,埋入稻秧的氣根,做肥。
你終究要揮別阿公田寮的鋤犁
北漂,到山仔后
踏著溪水另一段淙淙成長的流程。

# 3. 華岡風雨

安頓好大倫館宿舍的上下舖
你匆匆，投入劇場實習的學分
從舞台幕起幕落的凱撒大帝
扮演持戟護衛的莎士比亞螺絲釘
啊！布魯特斯，抽出晶亮的
無情之刀，震懾。血淋淋的喊著：
「我愛凱撒，可是我更愛羅馬」
愛恨難分的台詞，不絕於耳。
你涉足在時間流轉著生活的壓力
從舞台劇到打工的電影鏡頭前
場記打板的單鏡長拍
每鏡必記的服裝化妝道具台詞
水仙花都笑你太仔細
裝蒜的演員經常忘東忘西
來考驗導演的火爆脾氣
你得擔當冰鎮的軟 Q 消氣筒
化解來日票房無情的殺氣。

# 4. 幕啓雲門

學長的助力,引介雲門打工的場域
時間舞踏著青春氣息
你來自蘭陽的艱苦囝仔
打拚拮据的的生活催逼。
燈暗,蛇窩從舞台翼幕搬出
你急急擺好定位
白娘娘的水袖在燈束的呼吸裡
飛舞成一團霧霾的藩籬
法海的禪杖你已經準備就緒
而許仙的傘
還在舊情綿綿的淹水迷濛裡
輪迴在前世今生的情緣,溰漫
時間被纏綿的愛恨吞沒
青蛇如水的蠻腰也難以庇護金山寺
林老師如劍的眼神,穿梭在
每一個舞者汗流浹背的跳躍靈魂。

# 5. 薪傳的舞步

黑水溝揚起的飄飛帆布
湧滿白浪滔天的舞台
觀眾席的炯炯目光，屏息以待
你迅速依令更換好側燈的色紙
時間凝滯在你微微出汗的手心
歷史，跳不完生存的艱辛。
舞者起手的水花，急促
噴濺驚濤駭浪的呼喊聲
迎向旭日初昇的蓬萊仙島
而唐山的暗黑背影
被陳達滄桑沙啞的喉韻
拋出記憶的深淵
時間與燈的對話
經常在舞台上無聲無息的老去
薪傳的舞步
踏著綿長的相思
你一寸一縷，迷濛心緒，徘徊不去。

# 6. 歲月的齒輪

一朵黯然神傷、飄泊的雲
行過水窮處。你副導演工作的流水淙淙
《策馬入林》與《陽春老爸》的鏡頭殺青
歇息，等待《稻草人》的開拍
時間的補釘，漫漫，消磨歲月的齒輪
朝不保夕的消瘦存摺
無力提供養家活口的五斗米
你不再續演斜槓的困頓連續劇
折腰，轉身，嘆息。終而選擇考入
斗笠意象的基層農業金融機構
朝八晚五，開始跋涉
貸放無殼蝸牛的青澀
再爬進血派賁張的漲跌停板
還有綁樁固票的地方派系漩渦
錨定今生落戶的情節
徘徊雲端，溶解時光的罅隙
職涯如白駒過隙
匆匆復匆匆，以詩的情緒
迴旋清淡的退場
怡然於花甲之齡的擁抱財富自由
逐漸成為人間邊境的詩之過客。

輯一

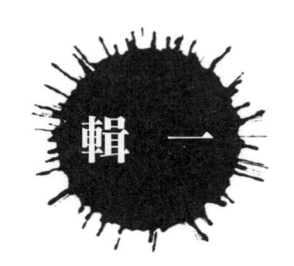

# 熱傷害世代

# 乾裂鏡像

一隻嶙峋的老虎眼眸滴落在
一望無際的焦灼曠野上

一隻台灣黑熊的大 V 字深陷在
一窟暗藏火舌的捕獸夾

一個骷髏也似的街友雙手捧在
一只牆腳已停水三個月的水龍頭下

萬萬沒想到,你一枝濎不到墨水的毛筆
還能臨摹出五柳先生的桃花源記

現在你的鏡頭又回到曠野上
聚焦無明未來,那處處曝斃的動植物乾屍

# 生態七疊

### 1. 冷戰
喝太多北極融冰
觀音山胃食道逆流了

### 2. 熱戰
吸入過量二氧化碳
上帝患了連續暴雨症

### 3. 河道
河床Ｎ久沒有流水了
幾萬條太陽在河裡
游來游去

### 4. 街風
午後，街上的風
像煮沸的開水
喝在每位騎士
風塵僕僕的嘴

## 5. 潰決
受不了風火輪的煎熬
海龍王發火了
拉出大水壩的腸子
甩向河口的洪峰裡翻騰

## 6. 井
偏鄉村子那口井
嘴乾舌燥
夜夜仰望月娘的
憐憫淚滴

## 7. 龜裂
尖酸的太陽
很刻薄
讓焦頭爛額的地表
處處開口哞

# 熱傷害八寫

## 1. 熱傷害
不知何時轉世來到
這個熱傷害世代
我們的汗水被碳精靈蒸發掉
連地球的五臟六腑
都被榨乾了

## 2. 惡浪滔天
海浪越來越暴躁
一生氣，御颱風而奮飛
從淡水河口
竄到 101 大樓
仰天長嘯

## 3. 電線桿
狗們抬起的腿
被熱浪收編
導致電線桿都沉淪在洪荒中
人心，卻一根根浮出水面
祈求良心供電

## 4. 鄉愁

魚們被無邊無際的
鄉愁，沖走了
熱浪滔天的
故鄉，在夢裡
很難冷卻思念的餘溫，蕩漾

## 5. 一暝長一吋

南北極的冰層都溶化了
海水跟鄰家嬰孩一樣
一暝長一吋
藍鯨、海獅、企鵝、北極熊們
都逃竄到咱們的阿里山曬肚皮

## 6. 蒸騰空無

師父在蒸騰的市集路口
唸經化緣
熱傷害的閃電雷擊
突然穿過他的缽手
閃斃肉身
回歸空無

## 7. 土石流政客

地在燃燒
意在貪婪
心在掃瞄賄購選票
身在測謊時
被變遷的土石流滾入
阿鼻地獄

## 8. 美人魚

陸地退縮一半後
女生們都蛻變成美人魚
在無限長大的海裡
和白海豚們轉彎、逐浪、嬉戲
男生們都紛紛搭乘太空天梯
移民星際,追逐美麗與哀愁的
昔時地球的童話驚奇

# 燒焦的愛情五帖

## 1. 俯瞰
此刻,我搭乘
外太空移民飛艇
一面吃著猛獁象肉丸
一面俯瞰星空下的地球
一大片一大片的熊熊烈火
正在燃燒南北極融冰
鯨屍豚屍企鵝屍
焦灼無言的漂浮海面
牠們當時或許都忘記轉彎了

## 2. 愛情
浪漫已爆裂
愛情已燒焦
情侶們都不敢
卿卿我我
你儂我儂
深怕被地熱揉成
一團火球

## 3. 太初

寂滅至終
崩毀至極
貪比人心的奢婪糜爛
濃比石臼的二氧化碳
擴比光速的核破原爆
熱比地心的熔岩流漿
解脫如風
寂滅如初

## 4. 月宮奔逃

深夜，舉頭望李白
吳剛揹著桂樹
嫦娥抱起玉兔
也準備移民火星了
她們受不了
熱傷害世代的熱核侵襲
竄逃保命是霍金的叮嚀
后羿的弓
在八個太陽復活後
早就融化無蹤

## 5. 核舞

核廢棒很調皮
一支支探出頭來
打地震
一支支飛起來
揍海嘯
一團團舞起來
跳地表
跳得人心寸草不生幾萬年

# 燒夢

我的字典現在只剩一個字
燒。其餘的字都被碳排的火舌吞噬了

午夜夢迴在盛夏
我夢中正在揮汗擬一首詩

日有所讀，夜有所夢吧！曾經夢見
臺靜農問蔣勳有否夢中寫過詩？

社區滾燙小池邊，螽斯和蟾蜍在淒厲
競唱。驚醒我渾身赤汗

抓筆，想抓住夢中瞬間的詩句
卻只能抓到一個字——燒。

# 藍鵲叼菸

我不會吞雲吐霧
眼前的地上,丟棄一大片人類
貪歡髒亂的月色
我隨著節奏,振翅、低飛、俯掠
叼起一截小小的蒂頭。

那個鳥人,好身手
被他捕捉到這個生態環保鏡頭
我急於向他解釋
棲息地不斷遭到破壞
我只得尋覓療飢止餓的機運而已。

# 海龜吞塑

你們以塑料為隱喻
纏縛我的喉髖、胃酸、腑臟，乃至未寒屍骨

太陽火熱拍擊浪花
金光閃閃殺戮灘頭
我的甲冑背負你們的貪婪多慾

沙的哭泣
鹽的歎息
月的潮汐
都來不及呼救我饑餓的魂魄皈依
皈依，啊！皈依在海的濤濤祭禮

# 九蛙飛天

我們九隻蛙兒本來藏身潭水中
以疊羅漢之姿養精蓄銳
魚蝦們都會優游在我們身邊
盡情逐波歡笑嬉戲
溫潤快活每一天

氣候近來經常被聖嬰牽著鼻子走
極端鎖住我們的喉頭
水，蒸乾了你們的生活
疫情稀疏的遊客現在也只能觀看
我們飛天的乾涸姿勢而無雨問蒼天


註：辛丑仲春，極端氣候使日月潭久旱不雨，水情嚴峻，知名
　　景點九蛙疊像浮出，離水面愈來愈遠，被遊客戲稱為「九
　　蛙飛天」。

# 血月

經年累月的懸浮微粒吸入
肺葉。仰首夜空
血紅射入我的視網膜
那小小的一輪
似乎想撲殺我的黃斑部

吳剛今晚想必穿著血衣漲著血臉
薛西弗斯般的砍著紅桂樹？

月娘呢？是否翩翩飄落凡間
祈求官僚體系，務請宣布減緩碳排放
返還她的皓月當空？


註：辛丑暮春，夜空出現血色月亮，在網路引起熱議，有人擔心是不祥預兆。氣象專家解釋，這是偶有的天文現象，成因跟空污有關。紅色月亮主因就是「米氏散射」，當空氣污染較嚴重時，PM2.5顆粒和光化學煙霧等漂浮物過多，夜空才會出現血色月亮情景。

# 殘藕

水無邊,月無眠
花許久開不了香
風在乾嚎
人在枯坐,凝睇

一隻嶙峋的蜻蜓
舞拍,搧風,輕點乾癟的露珠後
停泊在一朵
二氧化碳的傷口上

橫屍遍池的枯蕊敗葉
出汙泥而不得不腐朽的
蓮藕,生生之脈
揮不掉熱傷害的夢魘靈根

附註:《本草綱目》云:「夫藕生於卑汙,而潔白自若生於嫩而發為莖、葉、花、實,又復生芽,以續生生之脈。四時可食,令人心歡,可謂靈根矣。」

# 鬼針草

清明時節頭昏昏
鄉音鬢毛都被碳排燻到魂飛魄散
兒童相見似相識,頻問
來一客火淇淋

墳頭的祖輩骨骸
一罈一罈
被晾在碑後土堆的蒸籠裡
墓地的咸豐草有氣無力
眼睜睜,青恂恂
看著線香冥紙自燃自泣

成千上萬枚的鬼針
一粒一粒
已無力刺吸在我除草的衣褲上
它們已被熱傷害
閹割了生殖能力

# 機器人天候

黑漆漆的一大片
狼煙繚繞,冰雪沸騰
南北極被人心
燒焦了

彤雲拋棄飄盪的色澤
純潔的,冷
淒美的,白
紛紛逃入夢境

打盹的移民火箭在等待發射的天候
醒著的冷白前緣
AI 機器人正在清理
一顆顆倒吊而滴血的人心

## 輯二

# 時光隧道

# 鰹仔魚之味

於多刺的浪尖討生活
父親從南方澳的拖網漁船
卸下疲累且炙熱的太陽
捕魚返家
略顯彎曲的脊背
駝著一大袋鰹仔魚

小黃狗汪汪汪的狂吠
循聲,一如往常
我幼小的赤腳
興高彩烈奔竄至碎石仔路口
聞著渾身魚腥味的父親
大喊——阿伯仔,阿伯仔!

豬寮旁那棵高大古老的土芭樂樹
笑咪咪的迎風向我
吐舌扮鬼臉
隨風搖曳的枝頭上
還掛著我昨日粗心逃逸的紙糊小風箏

屋角上那群麻雀
吱吱喳喳個不停
璨亮著歌聲,又蹦又跳又舞

也不知道牠們在人來瘋什麼？

阿母把凝固的豬油
鏟一大匙放入燒稻草的
大鼎，口中念念有詞
南無阿彌陀佛、南無阿彌陀佛⋯⋯
煎起了六道輪迴的魚們

我蹲在大灶的爐口前，顧火
煽著草扇，驅趕煙霧，再塞入稻茵
司命灶君也衝著我咧嘴
稱許。魚香味——沁入心脾
撫慰親情的劬勞

家中虎斑貓與小黃狗爭相
踱到我腳踝磨蹭，開心期待
將有幾頓豐盛的
魚頭魚尾大餐享用

炙騰的鼎底，火吻魚身
燦發美麗色澤
鰹仔魚的紡錘切片滋滋作響
腥羶味逐漸昇華滿屋撲鼻芬芳

阿母鍋鏟翻煎著阿伯仔沈默的
粗礪歲月
在我童年心靈雕築溫婉的小確幸

阿嬤從小就叮嚀我
不要叫父親——阿爸，
要叫——阿伯仔。

祖母解釋，會這款稱呼你父親
是神明的聖筊裁奪
按呢你會比較好呦飼
你阿爸的八字，兩數不高
惡浪滔天、海神猙獰
討海人的命，親像風中的燭火
伊就只能被你叫——阿伯仔。

阿嬤托言神明的交待
宛若鰹仔魚煎炙的腥臊味
苦澀，縈繞我披星戴月幾十載
直至阿伯仔那年嚥下最後
一口氣。隨灰燼，泊入罈罐裡
鑿刻在血脈相思的悠悠長河……

# 母恩五月

1.
五月,沒有住嫦娥
也沒有飛玉兔,
卻有一對相濡以沫的龍鳳雙胞胎
從冷峻又熱辣的月宮擠出來。
我們兩條纏心的藤蔓
隔一日,各自游離母體
血塊流淌著幼芽初露的嚶嚶嚎啕
從此,飛翔於雙子座的命運航道。

受難九個多月
子宮的黏膩血塊釋放阿母
瘦小的人間悲喜。
阿伯仔只咧嘴高興了一天
就又到南方澳出航討海,
與波濤洶湧的海神拚搏全家的生計。
阿母做月子第七天就跟隨阿公去
田裡,協助把雜草拔除
把稻草人肩上的鳥糞去淨
把風的裙裾熨平
讓稻浪翻飛出溫柔的青穗
茁壯。將來磨出的米漿,來餵養我
嗷嗷待哺的嬰嘴。

2.
五月,我耳順之年的額頭
有阿母經年累月鏤刻
悲欣交替的皺褶詩痕
持續吟詠荊棘茫茫的來時路。

彼時,海浪退潮後
夜黑風高,厚雲籠罩
阿母米糠炒過後的芳香
在埋入沙灘挖出窟窿的鐵筒裡飄逸。
阿母牽著我的小手
指著聞香而來,掉入筒裡的十數隻沙馬仔蟹
說,蒼天不嫌棄
賜給咱可以顧肚皮。

小小童騃的我忽然望向天穹,用食指
指著月暈掙開厚黑雲朵
的臉,緩緩露出彎彎的一把明亮的鐮刀
我滿心感恩蒼天的恩典。
阿母急急撥下我驚喜的指頭
說,月宮的娘娘會不高興
會割破你的耳朵
會流膿,流瘡,流人世的哀傷。

3.
五月,黃槿花開過一輪
阿母吩咐
摘一籮大號的粿樂仔葉晒乾
來儲備春節需用的紅龜粿和包仔粿
的酬神粿衣。

沙灘後的防風林
昔日二戰的防空洞與砲臺默不作聲。
一排一排護衛的木麻黃
沙沙做響
幾隻天牛張開長長的天線
隨風搖曳,
乾枯飄落的木麻黃針葉
有我童年跟隨阿母
掃取灶口熊熊柴薪的背影。

4.
五月,從夢中醒來
我的指頭後來不曾指過的
月宮與血繞藤蔓的源頭
已經渺渺遠去。

浪花沖刷牽罟的沙灘腳印
沖刷網繩拉扯的汗滴
龜山島的硫磺氣
聞著我幼小的鼻息
魚蝦在阿母揹我的籮筐裡。

阿母的童養媳歲月
劬勞辛辣的流淌著鍋碗瓢盆,
薪火灶燒的煙燻。
後來,輪椅的移居,在安養院
靜靜躺著失智失覺
滴滴清明潔淨的淚
早已落乾阿母久臥的床頭。
母親含辛茹苦的魚腥味蕾
終也拿著老邁的煎匙身影
與我含笑揮別,燒入甕裡的輪迴。

# 騎馬打仗

我以金雞獨立之姿
想要征服混濁世界。
童年的曬穀場
是我跳躍馳騁的
沙場。在夏日乾癟的午后
拋棄意象的晦澀樊籠
沒有破折號的牽絆
以痛快淋漓的技擊
想殺個童伴們屁滾尿流
讓他們哀聲嘆氣。

我一柱擎天的座騎
希冀具備關雲長
赤兔馬的威力，或者
亞歷山大大帝的
望風披靡。只是
最怕碰到象群，奔竄在
印度恆河平原上
潮濕迷濛且瘴癘濁濁的雨林
讓望風披靡的馬
陷入戰魂的泥淖。

歷史的馬

幽冥曠遠難以企及。最近文學的馬
騎起來卻是怪怪的,
有一些些的褪色。
他們搭月光而來的馬蹄
在床沿
聽說被善意的摹擬
（有人說抄襲,
我卻認為有這麼嚴重嗎？）
可我想起我童年的馬
並沒有那麼複雜的意象
絕對不會抄來抄去
也絕對不會指鹿為馬
我童年的馬是
無邪、潔白、嬉戲,無憂無慮的
踢來踢去,跳東跳西。
啊,我童年純真的馬呀！

啊！我童年達達的單腳馬蹄
並沒有那個美麗的錯誤
我不是過客
我是一柱擎天的歸人
是道道地地、如假包換,
天然土的,本土囝仔,在玩

童年的騎馬打仗遊戲。

我右手緊緊捏住
領口,右臂彎角凸出如劍。
左手抓住後彎屈膝上來的
左腳板。右腳一柱擎天的馬蹄
迅雷不及掩耳欺近阿雄的跟前
拐給他一個狗吃屎,
阿雄哀叫一聲墜地不起。
阿明風馳電掣前來營救
我迅孟跳躍著馬蹄
揮舞彎角如劍的右臂迎戰
如火如荼,昏天暗地,
殺得日月燒燙如鍋滾。
太陽的汗滴落在我的嘴角
凝結成瘂弦的,鹽
我掙脫二嬤嬤的,裹腳布
拒絕雙腳落地而懸空死戰的馬蹄
左衝、右突、東躲、西刺,難分難解。

「阿俊啊,豬寮的糞坑滿溢啦!
快回來挑肥哦!」
阿公高吭如雷的叫聲

我一個閃神
吃了阿明兇猛攢來的拐子
我踉蹌幾步馬蹄,且戰且退
不意踩死一隻帶雛覓食的老母雞。

那一夜
我卸下了敗仗的馬蹄
祖父軍令如山的罰跪
阿嬤愛孫操切的解救也是無方。
我依令,在窗前
在李白的地上霜,雙膝落地
跪向老母雞的冤魂,
點頭如搗蒜。
直至家裡的公雞破曉
東方洗白,
洗白我童年純真無邪的記憶馬蹄。

# 紅蟳走路

井邊,阿母操勞濯衣
日頭的鬚眉飛揚在厝後一排
隨風搖曳的竹圍
祈求,竹報平安
祈求阿伯仔在南方澳的漁船滿載而歸
平安返航。
阿母搓揉粗糲黏膩的衫褲
有全家濃郁的鹹腥味
滲在她細微汗珠的鼻頭。

午後,前幾年已從粉鳥林漁港告老返鄉
現在做著老歲仔工的阿公
牽罟返家,
解開身上的腰抄
海浪沖刷沙灘的汗粒在阿公的眉宇間釋放。
阿公扛回一堆「分家頓」的漁獲
其中有兩隻螃蟹
(阿公講是紅蟳,
我其實傻傻分不清)
阿公把牠放置木盆裡,在橫著走路。
彼時,細漢囝的我
很好奇
想抓牠們來玩一玩。

哎呀!阿嬤啊喂!
一隻紅蟳的鉗子
倏忽箝住我的五個兄弟
刺心的劇痛,淚水
噴得比浪高
差一點灑到厝後防風林對角的龜山島
去吐硫磺,
去比拚海豚的飛躍。

司命灶君前
正在灰爐餘溫裡打盹的虎斑家貓阿吉聞聲救苦
牠睜眼逼視,
不動聲色
躡爪躡腳過來
試探性的撩了撩
木盆裡橫著爬行的另一隻鉗子。

哎呀!阿母啊喂!
喵的一聲哀叫
鉗子咬住了阿吉
騰空翻了幾翻。
阿吉在空中舞動濤天浪花
比林懷民的薪傳渡海,跳得還

起勁。竹林上的斑鳩
戲謔地笑呵呵
猛唱丑角的快板都馬調。

竹林下,啃著魚骨頭的家狗小黃
也跑過來情義相挺,
緊急救援。
在鉗子和我、阿吉之間
瘋吠狂嚎——
嚇得兩隻紅蟳
魂飛魄散
相繼掉落在地上
喘息。

草埔旁,正在扒地吃蟲的那隻閹公雞
被閹了卵芭
雖然萎縮了紅雞冠
還是很雄壯,
也飛過來湊鬧熱
趁機猛啄了兩三下
正在吐白沫
養精蓄銳的兩對兇猛鉗子。

霎時，整個場面比
宜蘭英歌仔戲團
在永鎮廟開漳聖王聖誕的
戲台上，扮仙
八仙過海的鑼鈸陣還鬧熱。

臨近暗暝
阿公巡田水返來
放下劈田埂的岸刀，
吩咐阿嬤、阿母
要抓紅蟳來燉米糕給我這個細漢囡仔
補一補。
按呢，將來阮憨孫大漢矣
伊討海的氣力
會親像這兩只強壯勇猛的鉗子
與大海車拚
卡有贏面！

# 時間的腳勁

年輕時我在山崗上求學
聽著對岸早期宣稱的
入草為寇
盈耳的夢幻語意
隨後一知半解的白色威權
裹著冬冽的雨絲瑟瑟發抖

穿過九彎十八拐或者
丟丟銅仔火車過山洞
別離了龜山島的海湄
揹著阿伯仔討海的工資與
阿母灶腳的殷殷叮嚀
我來到草山，繳錢，讀冊
電影與戲劇的課程
跨步我
戲如人生的生嫩腳勁

宜蘭腔的羞澀舞台，淹沒在
莎士比亞《凱撒大帝》失靈的那隻耳朵
冬雨霏霏，如針穿刺
紗帽山的煙嵐，迷濛冷肅
好在有暗房裡的底片
史丹利庫柏力克的科幻奶嘴可吸

否則，蘭陽平原的魚米子弟
將被拍成滔天的八股笑柄

歲月的利刃插入心扉
滴出匆匆踏過的薄冰履痕
時間的蛀蟲腐蝕來時路
花甲的現在
真想送我這中古的全身零件到
泰坦星給馮內果
看看能不能重新剪接
重新復刻科幻的星座
重新升騰來過

# 荒村履痕

家鄉老厝有幾隻野貓
躡爪躡腳，埋伏
耗子與蟾蜍的蹤跡。
牆邊的菅芒花割痛了往日笑聲
駝背發黴的樑柱
嚶嚶涕泣
暗褐的瓦片
在空茫的荒煙嬝嬝中
啐聲哀悼歲月的龜裂。

魚在遙遠的浪濤裡
咀嚼港灣的墮落。
老朽磨碎了時光
討海人都已燒在甕中擁抱
灰燼，只剩蝙蝠懸空做伴。
沙灘外緣
現今世態已無塚無碑
無鎖吶的淒迷
無有時光的溫柔眷戀。

我不經意回村
想拾些童顏的回眸。
依稀的白蛺蝶不再翩翩

寄居蟹也不見揹殼蠢動
海風沙沙作響
只有幾枝林投、木麻黃揮手致意
揮開幾張纏繞的蛛網
我匆匆離去，深怕淚珠滾下
打擾落葉的孤寂。

# 冬雨小站

風摩挲著皺褶斑斑的眼簾
水珠沿著傘邊咳嗽
霏霏滴落
心的波折

雨敲打著生活踉蹌的窟窿
行色匆匆
我越過車水馬龍
到小站暫歇
等待孤伶的車箱

下了班，懶懶地把工作收攏
摺疊好薪津的張牙舞爪
坐定
喝杯甜膩的自慰
歲月在杯中盪漾
盪漾，中年末端的慌張

（紛擾的新聞灌滿
人設崩毀與煤氣燈操縱
銅臭漫淹過和解
很快就沒那麼渣了，慨嘆
現代婚姻只是生命的短暫裝幀。）

電聯車在遠遠的軌道悶哼
乘客的腳步在階梯跳躍
如舞的旋律
奔赴搖籃的夢鄉

靈感在腦膜飛竄
鍵盤在手機打著哆嗦
我喝著冬的冷冽,敲不出
明日荒漠的詩行
家在下一站,等待雨的滄桑。

# 薪傳

舞台燈亮，舞者像霧
霏霏竄出而躍
旋出無我相，觀眾靜悄悄

不注韻律，不佈結構，不拉線條
黑水溝洶湧，翻浪，帆揚
白練翻飛，粗獷，陣陣喧囂

不像等待果陀，不像後現代
唐山過台灣，鄉土的光暈如箭
陳達的月琴似乎還在咆哮

徐徐，飛舞生與死
視覺聚落、糾纏、愛戀、騰跳
燈暗。光，滑到媽祖的裙角躲煙硝

布幕裹著汗滴
躺進思念的時光機器
如貓睡覺。

註：年輕時，我曾在雲門舞集的演出後台工作，經過幾十
年的時光推移，近來午夜夢迴，夢到我年輕時的劇場
工作夥伴弟兄張贊桃，夢醒，草成此詩。

# 飛升舞落

伊今夜的舞步些許沈鬱
肉身的質地,滲漏空無的騰躍
葬花的披風,飄舞著纏縛
自性、愛恨、轉折、斷捨
旋舞著紅樓倥傯
彈跳著黛玉殘夢的心弦

克華、阿桃操作的燈光,如常呼吸
阿登播放的音樂,穩定流洩
我抖顫著雙手,汗滴著拉桿
操持李名覺的布幕,日升月落
大觀園的弦樂,幽幽,千迴萬轉

林老師的鷹眼
如露亦如電
翻飛的舞劇,穿梭人間
交織解構微塵的披風歲月
演繹水滿則溢,月盈將虧
時光眩惑,諸相非相
翼幕折射,汗中取火
而我年輕北漂的計時資糧
夾雜幾許的雪白霏霏,蒼茫

附註：
1、雲門舞集林懷民舞作《紅樓夢》1983年首演，年輕的我是舞台幕後工作人員，擔任操作舞台設計大師李名覺設計的背景布幕的升降起落工作。
2、詩中人物之一的阿桃即張贊桃，是當時我的工作夥伴弟兄。在我轉行考入基層金融機構任職後，他繼續在雲門奮鬥而成為優異的燈光設計師，蜚聲國際。不過，天妒英才，2010年阿桃因淋巴腺癌過世，令我泣懷再三。關於他的行誼，可參閱林懷民最近出版的散文集《激流與倒影》中的篇章〈阿桃去旅行──追念讓雲門舞台呼吸的燈光設計家張贊桃〉。

# 招潮蟹

我緊跟阿母穿過午夜的防風林

阿母埋水桶在挖開的微笑沙洞
我遞入米糠,等待聞香而來的招潮蟹

墜入。母子望著海上懸空的星辰
望著頭頂上阿伯仔黑黝的眼珠,拖拉的網罟
網住一家子鹹水思念的艱辛日子

## 親情回眸

飛魚竄出天空，掙脫命運的鎖鍊

討海人乘風破浪的玻璃浮球
震動網罟內鬼頭刀追殺的地獄輪迴

阿伯仔揹著我凹陷的肚腹回家
阿母鍋裡煎著鬼頭刀的蛋白質
我童騃的眼眸濕濡著親情的酸澀

# 植牙

愛情已經老去
有情眾生在時光的浪尖
齟齬。腐蝕潺潺
翻攪難息。

出入口的浪花拍岸不歇
為了防禦,在岩壁上下
鑿出一洞一洞的歲月工序。
安好柱子,美化表裏
挺住營養師的叨叨絮絮。

肉體枯萎、心靈空虛,日復一日
生命衰頹的浪頭一浪一浪襲擊
那一浪,襲之耳聰、黃斑部與幻聽幻覺
這一浪,擊之肌少症、摔跤與管裂血凝
未來的浪濤
直截阿茲海默、了當親情漠地。

幸好,還有一口牢靠堅硬的
自在咬合
讓生命的茹素養料,最終
勉強供輸見彌陀。

# 思覺迷因錄

那條蛇恆常緊緊纏繞她的海馬迴
蛇信吞吐在惡夢連綿的憂鬱邊境

晨光變了型。那天被退學,噴水池都著了火
行道樹上的座頭鯨還在打瞌睡,鎖緊背上的水龍頭

路上行走的城隍爺,香火裊裊
她合十,拜都拜不回應,自言自語太晦澀

阿勃勒垂下的那一串串豆莢鐵鍊
束縛在她永遠失調的頸脖上

路旁植栽,孤挺花直挺挺被蝴蝶罰站
蜜蜂時不時飛過來螫她的精迷神魂,七竅流膿

醫師的處方箋,膠囊吞嚥到
每餐都要動用火花四濺的暴力垃圾桶

救護車如溜冰鞋來回錯亂穿脫
手腕的分裂血滴,經常流到鬱躁的太陽在飄雪

額葉手術在窗櫺若隱若現
星空漫漫,下弦月如鐮刀割破她的幻聽幻覺

她曾在播客看過「破病男孩」說悲傷是愛人的代價
可她現在連悲傷、愛人與被愛都無能為力

台北車站的夜睡街友成了她的仙丹妙藥
黃昏的療養院在她父母的乾澀眼眶枯萎

逃脫了好幾次，她的蛇信腦海閃過
也許可以爬上 101 往上飛去餵食上帝的知覺

榮格或者佛洛伊德老是這樣那樣的詛咒她
何時解脫，只有梵谷跳舞的耳朵知道

要不然海明威的雙管獵槍也曉得
只是她，唉！現在已深陷天地不仁的芻狗旋渦

# 灰白的夢魘

昨夜窗櫺外的彤雲，飄來床沿
入夢了一個黑白的情節
遠方的砲火與近身的瘟疫充塞耳膜
如詩的聲韻響在幾條線的試劑發燒
共存與併吞糾纏不清
停滯性通膨咬酸了我的食道和加油箱
隔海兵推的四個狀況
纏縛我焦慮的心坎
股海及房市還是一團火熱
還是在鼓浪翻湧
魚不死，網也難破
後庭花杵在桅杆，飄搖。唱或是跳
隔江，很難下決定
夢之船還是在達達地航行，免驚

這個情節並不傾斜
而是倒立的圖騰視覺
蒙太奇解構了影像的後現代
我翻轉而挺立的想望：
沒有羈絆
自由伸展的時空色彩
才是心中的塊壘。眼前
火化、選票、口水，漫漶

**纍纍**，高牆濤濤
踩踏徘徊在鬱悶的縮腳色澤
回返一畦畦的自在
只能奢侈在灰白的夢鄉
電戰、封城、星鏈與登陸艇，但願不要
顯影

# 秋思冬念

輕輕踏過
青春無悔的冬冷
昔日秋收已藏滿了愛戀的果實
纍纍豐稔的蜜汁
我早已喝過
波濤起伏的人生風景
終究要經過寒徹心扉的窗帷
凝視，低吟，徘徊，跋涉
才能想望那初春的生發嫩芽

冬啊！是吟遊孤寂的季節
愛會瑟縮
戀在思念中渡過
時間在眼眸中迤邐發芽
島嶼的南國
那未涉飄雪的腳下印記
不知何時於夢中
飄落霏霏雪花
遠方聶伯河轆轆的泥淖戰火
在螢幕，不停地顫慄，抖動

記憶像片片落白
趔趄，長長綿綿的冥想飛絮

纏纏繞繞著冬夜夢縈魂牽的情思
如刀片凌凌的冬風
自窗櫺徐徐彫入，乍然
吹醒了我一臉的茫然
海峽中線，波濤依然洶湧
祈禱，遠方曾經愛戀的伊人們
在出逃鄰國的客居中
夢著她們滿懷的摯愛
微笑著迎接破碎的家園，春暖花開

# 煎魚

老妻戴了兩層口罩
外出公園散步
廚房爆香的煎魚
吩咐我十分鐘後記得
關火

我在電腦桌前跟李清照
閒聊著林志玲的美腿
清照姐邀我寫一首
有關美腿的詩
我興奮極了
努力舞動我的前額葉

我暫時停下手邊
遠方炮火的未完詩作
並且隔離耳邊嗡嗡嗡
喧囂吵嚷的
很多孩子都走了的噴濺口水
我努力擠出初老荷爾蒙退潮後的
幾滴撩妹詩句

二十幾分鐘後
焦臭味滿屋飛

廚房的魚
被我煎成了阿房宮
老妻的臉
被我燒成了圓明園
清照姐的美腿
被我炸成了一首
血肉紛飛的坦克腿之歌

# 蛋蛋傳奇

　　老妻今天心情特好，表示要做家鄉的菜脯蛋以回甘童年的媽媽味，她已經準備好了內餡佐料菜脯米、魩仔魚、韭菜花與蔥花。廚房的那口煎鍋被她說得霎時像天邊的彩雲飛揚跋扈，滋滋作響，舞踏不止。

　　在家裡，老妻是媽祖婆，具有無上的威權；我則是小嘍囉、小歪歪、寫點東西的小詩詩。冰箱的蛋完了，她命令我趕快去買回來。我十萬火急跑到七字輩的超商，那個計時的收銀小妹告訴我，蛋蛋都被李蓮英搜刮走了。熱鍋上的螞蟻我又跑到家字輩與聯字輩，卻都異口同聲告訴我，蛋蛋早就被太史公搶購一空了。這下我傻蛋了，回去怎麼向媽祖婆交待？這元宇宙也太強大了，穿越時空的來搶這個蛋要去補他們的那個蛋，小李子跟司馬大人啊，你們吃蛋補蛋也選得太不是時機了啊？

　　我冷汗直冒，嚇得雙腿發抖，急速跑回家如實稟報。廚房那口煎鍋馬上在我腦門開了三朵炮仗花。氣噗噗的媽祖婆拿起電話，這次不是打給精神療養院，這次老妻她打給警察局，說要告我詐欺，告我精神虐待！

# 時間的色澤

你側身在我的夢裡
著色。簷下的青苔
無聲無息滴落
風乾的斑痕
清洗不掉
諸多曾經擦肩而過的哀樂色澤

年輕時你畫著灼熱繽紛的虹
中年暈染行穩致遠的綠茵
初老，你逐筆粉刷
褪色的兩鬢與混濁的白眼睛

白駒過隙，你狠狠留下
慌忙的夢中鐵蹄。
如今，銀髮飛揚
隨風飄至的
孤寂，想那
東坡的浪跡
最是懷念橙黃橘綠時

# 洗心革面

昨夜被攝護腺吵醒，翻身
老妻沈睡閉眼，張大口在向
莊周的大劈棺抗議
馬桶的涓滴呼喚
讓歲月垂頭喪氣

一眼瞥見凌亂的洗衣籃內
汗漬未乾，發出
夜空星圖的酸楚微光
在向我眨眼，求救

後陽台的洗衣機
挺著大肚腩
吃掉我丟下昨日死去的混濁音步
蹦跳翻轉出
虛脫發霉的韻律

洗衣機牆角那隻蜘蛛
發射磷光的眼色
在我面龐，吐絲納氣
狠狠耙梳大疫當口
戰火與急速升息的苦澀網絡

惡性通膨悄悄滲透穢衣
我枯瘦的存摺如破洞且臊臭的內褲
發出詛咒的腐敗生活詩意
我當下急速逃離洗衣機的怒吼
月光下,在手機的螢幕裡
仍然無從洗滌
那鋪天蓋地的網海乾瘟心緒

# 台北的天空

那些年我們都在唱
「風也曾溫暖，雨也曾輕柔
　這世界又好像，充滿熟悉的陽光」
近日卻突然飛過颯颯的東風
肅殺墜落在臨海的宜花東
來吻美麗翻滾的浪
來吻鯨豚騰躍的歡暢
來吻我們難以就寐的夢鄉

把心扉調色到明朗
彤雲有心卻難以出岫
天空呼嘯而過
那四粒炙灼的東風
它如果不來
我們達達的裙裾
舞照跳，股照漲
它真的來了
我們含著一口的糖
喉嚨照甜，貪婪照夯
它如果卡在不來與來了之間
我們的後庭花卡在
隔海的中線
唱出藍綠白內耗的纏鬥嘴臉

任無常替偏安送終

那些年我們都在唱
「台北的天空,有我年輕的笑容
　還有我們休息和共享的角落」
近日卻突然飛過颯颯的東風
肅殺墜落在臨海的宜花東
來吻龜山島吐出的硫磺
來吻四百年來福爾摩沙的滄桑
來吻我們此刻
焦慮難寐的夢鄉

# 乾涸的夢鄉

萬里東風一夢遙
廣袤的海在夢中掀浪
浪飛，秋涼，風從不逃亡
童年的木麻黃沙沙作響
林投葉的尖刺
張牙舞爪，吹著嗩吶飄過防風林
我的夢很快就被風聲抽乾
醒來張望，身邊
老妻的鼻咽正在凶悍的砲轟

街角那幾隻飛蛾
撲燈跳躍
月，懸浮在空中打哈欠
星子們還在洗澡
星鏈的太空船勤於馳騁火星之夢
燈桿下，蜷縮
熟睡的那漢子
鼾雷響徹走失已久的夢魘
震顫我已花甲的視網膜

一團蒼蠅飛舞在
那個街友的髮鬢，吸黏
耳窩的蛆

舔著那漢子腥澀的殘夢
孵化人間猥瑣的命盤
選舉看板上的那六粒眼珠子
聯合盯著蚊蠅蟲蛆微笑
我落寞,閉眼
企圖再度遁入乾涸的夢鄉

# 公事包

我提著你越過口罩迷離的川流街角
高大的樟樹，隨風搖曳，款款滴落
如天女散花的種籽
幾隻雀鳥吱吱喳喳，啄食
生命的白雲蒼狗。
你我一起仰望營業廳牆上
逼視工作時間的標籤，海報印著：
洗錢防制，人人有責。

櫃臺客戶，人來人往
匆匆繳納他們歲月的風霜
和日常生活的單據。
你恆常隨我進到後排的辦公桌
遞給我日常的營生工具，然後
靜悄悄蹲坐在我腳邊如一隻米克斯
整日看我不停的檢視傳票
檢視冰冷的營收數字，蓋下
生存不易的戳章與核批各色管銷單據
直至勞基法限齡退休
才結束我們黏膩的情誼。

已經半年多了
我竟而忘記你。

年關將近的大掃除
才在儲藏室的角落瞥見你,瑟縮
於寂寞牆角低迴孤單的身影。
我習慣性的拉開你的肚腹
撫摸那孰悉的公文紙、估價單、擬稿
與逐漸凋萎的韶光氣息。
我長長呼出一口氣
下定決心,輕聲跟你道別。

故鄉的海邊
討海人的阿公曾經教導我
死狗放水流,死貓吊樹頭。
我把你的肚腹清空
擦拭乾淨你的身體
也擦乾我的眼眶
在海口祝禱你落花流水春去。

# 偽出國

## 1、契機

秋風習習,毒株汨汨
現在大家都鎖國抗疫
憋太久了,忽有偽出國的契機
我們爭先恐後預約搶搭 K 董特別安排的航班
讓八風吹得動
享受飛簷走壁
馭風飛揚的空中旅遊奇遇
如此這般,過過乾癮
尋找眼球冰淇淋的出國替代良機。

在密閉的機艙裡
掛著口罩,小心翼翼
大家都儘量調整到舒心安逸
昨夜形色枯槁的月娘
似乎已被病毒吞噬染疫
至於北斗諸星併同天河
恐怕也已咳嗽不止,頻頻顫慄
而太陽刻正與變異毒株激烈鏖戰
我們透過艙櫺
餵食視覺的轆轆之饑
啊!慶幸!蒼天還保有晴空萬里
在一望無際

燦亮的光照裡
偶而會有幾隻展翅高飛的莊子
戴著尖咀口罩，大力的振翅翱翔
牠們不想相濡以沫，只想相忘於江湖
空靈的展示牠們的鵬程萬里
撥開的雲朵也不再天涯浪跡
它們都躲到風婆婆的腋窩裡去擦拭它們的汗滴
想必它們也在努力以赴的積極抗疫。

## 2、嬉戲

我們一路沿著東海岸的潮汐
俯瞰南下
蘭陽平陽,反骨,民主揭竿,袖珍而美麗
太平洋,湛藍波碧
龜山島的龜頭
在流目屎,石灰石風化掉漆
有一陣沒一陣,瘩瘩滴滴
裂濤拍岸,煙塵迷離
左近似有鯤鵬蠢蠢欲動
在地熱白皚皚的牛奶海邊際
果不其然
一群鯨豚追逐遊客的舟鰭
牠們喝了熱牛奶,泡了硫磺溫泉,無不精神奕奕
牠們的肺葉沒有問題
成群圍攏遊艇,翻浪嬉戲
在躍天、吟唱、騰落、噴水、打噴嚏
展示牠們十足的動感聲律
遊客們歡天樂地
遊艇驚叫雀喜
渲染到我們上空的呼嚕機翼
我們真想跳下海去共襄盛舉。

往南航程,蘭嶼有人在鰹竿釣
想釣出味蕾的烈火乾柴
俯視西側的安平古堡,喚起
我們歷史如煙的記憶
紅毛番的熱蘭遮城
鄭國姓的舟楫
鼓浪前進,枕戈待旦,震天動地
如今南科的護國神山
晶圓屹立
是咱們福爾摩沙之光的世界第一。

## 3、驚奇

太平島上空的 8 字形航跡
K 董笑逐顏開的加送
給我們航行歡樂不已
可遠處倏忽瞥見 H-10 轟炸機
越過海峽中線以南的航空識別區，在耀武揚威
我們還來不及觳觫驚奇
長征火箭的「一箭九星」發射軌跡
也竊笑連連的破空而過
來個天搖地動的人心偷襲。

K 董急急如律令
斂起笑嘻
掉頭回程，揚起雙臂
說要替我們收驚塵洗
他迅速掙脫初航的舊框架
在混沌之前，鑿刻果敢的回程航跡
不再戀棧天空有戲。

我們是如此敬重 K 董的意志力
他戮力與星星月亮太陽搏擊
在星宇畫下他堅毅的詩行
在虧損累累的上半年業績

仍然無怨無悔執行他的史詩級
王子振興記
他無懼風雲詭譎
無懼兵凶戰危的橫逆
他篤信——詩即真理
要在浩瀚的天穹，以詩的韻律
自己定義自己。

## 4、糖衣

在病毒漫天漫地
無情戰機騷擾之際
飛向振興經濟，談何容易？
我們已看不到昔時旭日燃燒的威猛剛毅
三千大千世界還好，如來
還健在，還未發燒染疫
還能微弱敲擊正能量的
眾生療癒——默默滲出磬聲佛偈。

蒼穹一隅，孟子和荀子正在激烈拔河
善與惡，若即若離
以致無法丈量彼此所佔的比例。
敵對的恨之旋律擾攘愛的罅隙
毒株快要野火燎原
漆黑肺泡，天遮日蔽
企圖改變人間的生存作息
吞噬我們靈魂的肌理
匆匆然，包裹著死亡的糖衣。

## 5、真理

一列鴿群在回航的山巒間伴飛
她們啣著善與惡,難分難離
啣著愛恨兼雜的憂鬱詩句
瞻望海峽中線
於天穹搜尋——詩的真理。
島嶼濱海沿岸
有諸多浪濤上的唐吉訶德風車
為了碳中和的生存壓力
在猛力翻飛生活綠能的損益。
凝重的雲朵探出頭來,陪伴
鴿群沿著大武山、玉山、奇萊、大霸尖、雪山。振翅
在我們K董回航的機翼下方
拍誦前景的危岸湍急
複眼時間的詭詐陰翳
她們與我們的距離
如此的溫柔,如此的抒情
如此的荒蕪噓唏
如此的吟詠歎氣,似在傳遞
一抹歲月的窗框寂然訊息
蘊含著特殊寓意
佛偈平安、鴿祈和平、詩離瘟疫
在庚子仲秋的蒼茫天際……

# 春之台灣欒樹

冬雪飄過玉山
平野冷冽寒風陣陣吹襲
你熟黃的二回羽狀複葉
颻落滿地的黃金雨
把葉姿舞影漸漸跳入寂寞

你燈籠狀的紫褐蒴果
張口裂開
迸出小黑粒種子
叮叮咚咚
掉墜在冰涼土壤上
讓溫婉情愛的結晶暫時寫進蕭颯

當赤星椿象吸完你最後一滴樹汁
赤腰燕啄食最後一隻
肥滋滋椿象而振翅飛離
完整的食物鏈便闔眼休息
把你的生命循環也舞入了蟄伏

你全然卸下的一身光枝裸幹
瘦瘦禿禿向蒼穹張牙舞爪
在頹萎生命的末梢掙扎
終至凋凋瑟瑟

不情不願的進入冬眠
畫出一幅毫無生氣的枯死容顏
傲然挺立於簌簌寒風中

清晨,迎著微風
一隻麻雀輕輕飛駐枝頭
歪著黑嘴,爬梳露濕了的羽翅
那小小的爪子,不經意
觸踏著你枝椏剛冒出的橙紅嫩芽
啊!春天
小麻雀驚喜的吱吱叫聲
啊!春天從遠方悄悄散步回來了

你被雀兒鳴叫聲驚醒於
酣睡一季的慵懶
睜眼一瞧,何時呵!
那基部歪斜帶有細齒緣的複葉
已自橙紅嫩芽轉為新綠滿枝
翠遍全身
炯炯展佈春之英姿勃興
一掃先前冬之衰敗寂寥氣息

晨曦的金色光芒灑滿枝頭嫩葉

撫摸你新綠顏面
嘆道：啊！台灣欒樹！
你真是經得起折騰考驗的勵志典範
不愧是臺灣的特有原生種
春風輕輕吻過你綴滿翠綠的額頭
亦柔聲讚歎：呵呵！台灣欒樹！
你真是絕處逢生再展風華的高手
在鄉間或城市的每個角落
蔓延著美麗堅毅的生命故事

# 夏之台灣欒樹

仲夏夜之夢
展演著
莎士比亞的浪漫森林歡樂愛情喜劇
一如濃蔭茂盛的你
展演著
織綴母親福爾摩沙天地的盎然生機

你自春之嫩翠生發成夏之雄偉濃綠
向同儕鄰居們——
楓香茄苳木棉樟樹阿勃勒水黃皮小葉欖仁
宣示你的頂天立地
你向外甥苦楝樹的紫白花謝道別
迎頭飛揚夏之陽光燦爛
把台灣市街行道的車水馬龍畫染蓊蓊鬱鬱
展佈你生命循環的豐盈綽約千姿百媚

腳下所踏，是原生你
舉世唯一特有種的島嶼故鄉母親大地
有時風平浪靜
偶或土石崩流，狂颱雨颶
有時四時溫潤
偶或炙熱難熬，地塌震裂
你昂首矗立於綠郁多變的這一季
用子女反哺母親的精神

唱出美麗光輝的生命之歌

你以堅韌的萬爪根莖深入大地
抵禦狂颱暴雨的無情侵襲
護衛母親經常被踩躪的千瘡百孔土石身體
你以張開濃綠羽狀複葉枝椏為
大傘，為大忠大義
吸入碳排，吐出氧氣
涵養水份，稀釋熱流
為過往人們提供遮蔭避涼
為燠熱大地舒緩悶毒炙燒

回眸紅塵葉片片
燦開晶玉花妍妍
我，三十五年前的年輕歲月
轉行的職場受訓
邂逅你於天母忠誠路啤酒屋外
你款款對我展立
一排排高聳飛鴻的凌雲壯志
自此魂牽夢縈啊！台灣欒樹！
你是我雙腳所踏，併肩站立
守護福爾摩沙天地的英勇兄弟
你是沉默的大愛大勇真誠熱情的台灣之子！

# 秋之台灣欒樹

秋風起兮欒花開
馨香飄兮蜂蝶來
你揮別夏之濃綠壯烈與
肆無忌憚的青春活力
信步踱進秋之旖旎多彩
將生命歷程唱入炫麗瑤跳的圓舞曲

你圓錐花序的星狀細小黃花
錦綴一點紅心的晶瑩花蕊
一串串掛滿枝頭
燦燦然吐向天際
染成一片黃金花海
吸引蜂兒嗡嗡嗡，飛來飛去辛勤採蜜
黃花舞秋風
搖曳生姿
向天空彩暈的雲霞挑戰
描繪屬於你嬌嬈奪目的繽紛這一季

你三菱狀、氣囊狀、燈籠狀、楊桃狀的蒴果
隨時光交替的顏彩
刷繪著淺褐色、淡粉色、咖啡色、紫紅色、暗紅色
像八家將的流星鎚
微醉跨步而翩然起舞

在你晶亮黃花謝了之後，接棒
演出。纍纍掛滿枝頭的蘋果
把天空舞得更為波瀾壯闊
把秋風鎚成繞樹團轉的陀螺

你花繁葉茂盛果中的枝椏
蠕動茸茸的毛毛蟲早早化入蛹殼
秋風襲襲吹醒了蛹之生
羽化成蝶
紋白蝶、枯葉蝶、樺斑蝶、琉璃蛺蝶、黃裳鳳蝶
拍翅，圈飛翩然
如仙女彩扇
若大地風騷
翩翩透透著你，漫天遨翔出紬絃綵綸之舞

空中飛龍的蜻蜓
小紅蜻蜓、霜白蜻蜓、青紋豆娘、紅腹豆娘
像一隻隻滑翔機，不甘示弱
轟轟然來訪
徘徊停泊在你斑斕花葉的軀體
嘰嘰復呱呱
蟬鳴伴蛙囂
眾聲喧嘩

把你演繹成秋之交響樂團,混音合唱的舞台

你整身隨時節變化而舞出的綠、黃、紅、紫、褐色
是母親福爾摩沙大地最絢麗耀眼的五色樹
島嶼的原民卑南族姊妹們在你秋之枝頭變身轉紅時
諄諄提醒她們女兒
造物青春的那個地方快要流出與你同樣顏色
不要單獨跟任何男人在一起
直至結婚以後。
另有原民魯凱族弟兄們智慧的提示
當颱風在你變紅時來臨
要特別注意嚴重災害的侵襲。
啊!台灣欒樹
你是母親大地萬千子民的警惕樹
你是五彩連綿交替的平安金雨樹
你是帶著五福臨門的幸福五色樹
我日日夜夜啊!台灣欒樹
愛戀著你
向你行恭恭敬敬的注目禮,直至永永遠遠
直到天荒地老。

# 冬之台灣欒樹

黃葉飄飄秋風走
蒴果碩碩冬冽颼
你自秋色靉靆中裝幀著風鈴
叮叮咚咚，鈴鈴噹噹
變裝秀的台步
乘風搖曳著多采多姿的五色霞幔
燦燦然緩步來到冬藏
蕭蕭然把盛極而衰與物極必返
讀進你的生命循環

一隻綠繡眼飛來巧逢赤腰燕
雙雙拍翅，翱翔復徘徊
在你佈滿赤星椿象的綠葉紅果枝梗間
啄食霜冷的晨間
兩隻飛鳥互相問候，同聲嘆道：
啊！冬啊！冬的幽靈腳步悄然掩到了啊！
椿象盡情吸吮樹汁蜜果
牠的肥軀蠕動在生死危機中
一尾青竹絲鬼鬼祟祟
自冷冽大地爬上你粗褐斑駁枝幹
靜靜盤纏吐信，耐心等待飛翔獵物停棲
一物剋一物，一種獵一種
是天地循環的奧秘

牠們各自尋找自己秋末冬初的禦寒食材
享受一餐豐盈的饗宴
你創造的食物鏈以生命做餵養舞台
譜寫多姿多彩的大自然命運循環交響樂章

九降風襲襲吹拂你黃葉霏霏舞落
黃金雨捲起千光萬影若浪若濤
秋颱不來，母親大地任你風情萬種展姿吐妍
秋颱若來，母親大地由你挺身而出捍衛固樁
東北季風寒意颯颯呼來
秋的落葉繽紛嫣然踅去
把你金葉黃影舞進冬之寂寥寒顫

你纍纍鮮紅蘋果向天際爭豔奪輝
如擁吻熱戀的情愛結晶
羨煞一干年輕紅男綠女
潮起潮伏，花開花落，循環
不已。豔紅蘋果忽忽轉紫轉褐轉灰
一夜冬霜，墨了枝頭
美人終究逃不過遲暮
硬漢終究躲不了頹萎
秋之彩釉燚麗默默轉為冬之飄落凋零
把你堅毅傲骨的性格擁入禿枝兀兀的冬眠

輯二・時光隧道

你灰黑熟爛的蒴果
腹孕的小黑粒種子，迸裂
開來。飛呀！飄呀！蕩呀！
層層躲躲閃閃，那天敵赤星椿象的吸吮
如流星般點點墜落
再次向母親福爾摩沙肥沃大地靠托
子落塵泥化作未來無限生命希望
在冰涼幽微腳下，世世代代縈根繁衍不息

你披著一身光禿裸幹闔眼冬眠進入冷峻死寂
我以熱情詩行佇立觫觫寒風歌頌
吟詠你傲然巍峨的光輝生命印記
啊！台灣欒樹
你是全球亞熱帶十大名花木之一
光宗耀祖母親福爾摩沙生你育你的恩澤
你是我故鄉的宜蘭縣樹
五彩繽紛縣境的燦爛大地
向你的縣民展示你生生不輟的生命毅力
我日日夜夜啊！台灣欒樹
讚嘆著你
千秋萬世彈奏不屈不撓的堅韌樂活之歌

# 礦坑裡的曲調

## 一、拐點的曲調

大疫的毒株逐漸煙消雲散
高昂的消費繼續送暖景氣
綠能、電動車、AI 題材依然熱絡
驟然,遠方的天際畫出弧形彈道
煙硝濛濛,戰火砲打物價
破局的協議,糧倉的運銷被
釘在黑海的十字架
船貓炯炯射出金綠的眼瞳
眼翳的光芒警示,鼠輩竄逃
促使市場暗夜急遽抽換條碼
店家漲了價,通膨已無懸念
紅燈的景氣對策信號,頓成昨日紫花
飄落在焦慮的制裁窟窿。
美利堅的經濟成長軌道悄悄劃入
拐點,那隻金絲雀開始唱起
礦坑裡的龍婆瞎眼曲調。

## 二、迷宮的聲腔

量化寬鬆的搖頭丸行將落幕
昔日委員們猶抱琵琶的修辭
時而鷹飛草長
時而鴿翔和平
時而築起米諾斯國王的迷宮
比懸疑劇還懸疑的鷹鴿兩派隱喻
複沓、排比、層遞、反覆迴增的聲腔
晦澀有時盡，詩韻無絕期
你們終究決定啟動
抑制貪婪過度的升息循環。

縱然前景模糊費解
華爾街的豺狼們
猶自嚼盡狼汁傾聽，趁熱註解
繼續搬演高潮不退的費洛蒙聲色。
牠們慣常以柯南的懸疑溫度來
度量，明日大盤的臉色。

巨幅震盪接掌福爾摩斯偵探的腦漿
崩落伴隨躍漲翻飛的線路圖
如坐雲霄飛車
嚇傻了小白們的青澀笑靨。於是

你們改而鳴唱礦坑裡的
白話文曲風。
以白居易的淺白腔調
半遮面的彈奏理性預期的
橄欖枝。安撫
忐忑不安的豺狼們以及眾多小綿羊。

### 三、潛伏的龜息

我是一隻平常棲息在
枯枝敗葉上的股海老綿羊
為了躲避豺狼們的利牙啃噬
已經潛入礦坑
龜息許久許久
忍受無利可圖的稀薄空氣
忍受濃霧瀰漫的晦暗鼻腔
藉以逃過
任人宰割的韭菜宿命,逃過
書寫涕泗縱橫的畢業文。

升息循環的初次宣布
被以利空出盡解題。
貪婪的香檳,灑落
華爾街的亢奮生殖器
跳空噴出,洋洋灑灑。豺狼們
獰笑連連,狂歡屢創歷史新高
峯峯相連到天邊的
市場泡沫。騰雲駕霧淹沒了
理性預期,吸乾了
昔年雷曼兄弟哀嚎遍野的淚滴。

## 四、隨風搖曳的柳枝

這讓我憶起
昔年，你以隨風搖曳的柳枝
建構一套福爾摩沙特色的
獨孤九劍心法
在禿鷹、盜匪、豺狼呼嘯掠奪的
外匯市場
孤軍鏖戰數十載
使我這隻乾癟的老綿羊懷念再三。

您以無招勝有招
無用之用為大用的破劍式
在腥風血雨的外匯礦坑鳴唱
鬆緊帶與動態平衡的曲調
讓茅三道四的島嶼代工族裔
從容規避風險
成就 13A 總裁的令名。

民粹飛來黑天鵝
帝國嚴厲的口吻
劍指操縱惡名
您只得放手彈奏沙啞的曲調

一抹淒然的韻律
田園將蕪胡不歸
廉頗老矣！尚能唱否？
礦坑的碳氣絲絲將洩
晶圓白髮老教父感嘆只得忍耐
茅山道四的族裔們
也只能自求多福了。

## 五、粉身碎骨的結局

他們是一群小白、小綿羊
一群伸長脖子,隨風飄搖的韭菜。
他們駐足紅綠舞動
波濤裂岸的大盤,歷經
航海王、鋼鐵人、元宇宙、低軌衛星
還有黑皮衣的 AI 生成新歡
再加上遠方極音速匕首,炸射出
糧食、原物料、能源禁錮的戲碼。
五花八門,眼花撩亂的反覆迴增韻致
他們時而當沖曼波,跳得不亦樂乎
時而為蠅頭小利而低頭吃草
在你們啟動膽小鬼遊戲的賽局
無數次對撞崩裂的傷口而
苟全性命。天邊那一朵
摺不攏的烏煙瘴氣火燒雲
三不五時縈迴在他們心頭。

禿鷹豺狼的銳爪利牙總是
死命地狼視眈眈。
昔日你在礦坑裡鳴唱
隨風搖曳的柳枝曲調
他們已聽得麻木不仁了。

希區考克的情節
千篇一律，以激烈震盪開始
接著升高緊張恐慌勢頭
而以天崩地裂的戲碼收尾
小綿羊們口中嚼下最後一撮嫩草
終究難逃那
腰斬再腰斬的粉身碎骨結局。

# 即刻救援

今天的雲朵吐出灰暗的舌根
江湖眼翳的氤氳
加了幾筆潑墨山水
山腳的蒲公英花絮，垂頭喪氣
飄來我的 Email 信箱勾勾纏
勾纏著退稿通知的哀嘆
我收拾起被退回的詩屍
不情不願棄置於
花絮飄了滿坑滿谷的停詩間。

我來到球場散散心
腳步鬆垮如廢墟
苦楝花的紫白早已埋土施肥
落英紛飛的枯枝上
喜鵲嚎叫在球場周遭
股市崩跌，債市殖利率高飛
遠方的炮火
炸射在口罩的 ETF 罅隙
黑海滾燙的穀倉
停滯在併吞的貪婪船桅
霜凍葵花油，殘渣已凋亡
可是，爆米花加含糖飲料卻呵呵笑
熱賣在暮秋的觀眾席。

昨晚可能在旅館跟老婆
吵架。近期於客場
他就投得跌跌撞撞
（我是他十幾年來堅定不移的
死忠粉絲，對他還是懷抱著期待）
他擔當本場的先發很鬱卒
季後賽投不滿三局
就被敲了兩發滿貫砲
把他的心攢到牛棚去餵草。

壘上有人
又在大比分落後下，總仔
第一個必先派伊
上場接替
收拾淌血的殘局
處理猛烈砲火、彈痕纍纍的心虛。
（我也是伊的粉絲
不過對伊比較沒有信心
就像對我的詩屍能否
起死回生有些疑慮）

投出第一球
伊的左心房

就被扛出全壘打牆外
伊的這一顆伸卡球
卡住我乾柴烈火的喉結
燒焦了我差點青光的白內障眼球。
小白球飄落在歡天喜地的球迷
手上,發出幾聲伊長長的嘆氣
喜鵲的咽音很淒厲
增添幾許千瘡百孔的符曲。

解決一個人次後
伊的右心房
又沿著三壘後的邊線滾
下去,滾下去,滾啊滾,一路滾向
千山萬水天涯海角……
滾著無可奈何的鼻涕
擤都擤不完
邊線審露出一絲
邪惡的笑靨
暗示伊是魯肉腳別丟人現眼。

伊長中繼的即刻救援
就是要耐磨耐操耐噓耐嘆息
就是吃局數的肉身菩薩

任人宰割也要堅苦卓絕熬下去
就像退稿退到橫詩遍野
也要卵葩緊握,咬緊牙根
就像套牢到融資斷頭傾家蕩產也要
和血吞。選票輸到脫褲闌也要說
先前的民調領先十幾趴,也要說
網路聲量其實還在響徹雲霄
合與不合,管他的
凍選、凍選、凍選,凍到天荒地老
也要自我感覺良好一番。

保送與安打滿天飛
伊好不容易撐了三局
滿壘情況下
總仔步履蹣跚
來到投手丘。在伊的耳邊輕聲細語說
伊老師哩!K黨可以請你去當
麻花捲的選戰總顧問了。
伊吞了吞口水
再吐出灰暗的舌根
摸了摸臉上滿坑滿谷的沾粘花絮
腳步鬆垮如廢墟
枯枝上的喜鵲歌聲很淒厲

伊下了投手丘
瞄了一眼記分板
冷風灌入後腦杓
天啊！這比分鐵定創了世界紀錄。

投出創紀錄的比分
沒有簽賭
伊不必跳海
也不必苦吞黃連來降火解毒
走進休息室前
伊勇於舉起球帽
以阿 Q 的啞巴微笑
揮向滿場如雷貫耳的噓聲
崩盤破產也要肖想
東山再起
殘花敗詩也有一抹
嫣然微笑
伊想這場即刻救援的敗戰處理
應該只是剛好而已、剛好而已！

## 輯 三

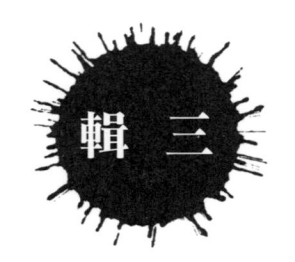

# 戰火浮生錄

# 愛情三疊

### 一、愛情
認真的定期掃墓
就不會離婚

### 二、愛情花
我在情人的嘴唇
咀嚼
一朵鮮紅的花

那花,猛然炸開
滾燙我綿綿如絮的
愛戀情懷

### 三、愛情海
妳在岸邊守候
一顆出航的心

夜黑風高
濤聲似劍,戳過中線
兵凶戰危的那顆
牽腸掛肚的心
沈陷在
妳血絲滿布的眼眸

妳如浪的淚滴
始終忘了哭泣

# 喝一口夜深人靜的烽煙

夜深人靜,被惡夢驚醒
隨手擦掉幾滴冷肅
我緩緩喝了一口陌生
暈開,寂寞在杯子裡蕩漾
燈下,瞿然品嚐後中年的髮鬢
白色線條的慌張
漫漶歲月的滄桑。
血腥遽然降臨遠方
在手機裡的銀幕滑開
滑開煙硝、屍骸,烽火連天
聶伯河沿岸,戰地記者的汗珠
滴落在雪絲發燒的鏡頭
傳遞奔逃、哀號、離亂的觳觫鏡像。

探頭,窗櫺在竊竊私語
兩隻野貓在七里香花叢下嚎叫
春的交媾,預演
傳宗接代後的繁花似錦。
社區水池,磊磊頑石拱立池邊
水柱噴灑乍暖還寒,月光下
晚來風卻不急。
粼粼波光
錦鯉的悠游泡沫

吐出「實無一眾生得滅度」的苦澀
磊石腳邊
杜鵑花開,似在吐血。

手機還在哀號
亞速海馬立波的婦幼醫院、劇院與戲劇學校
煙硝飛騰在我的眼簾,指尖
滑過螢幕的血濺、窟窿,熾烈焰火
飛彈叫囂,住宅坍塌,落葉簌窣
登陸艦著火,激烈爆破
東正教的弟兄正在互相燒鍋,
煮豆燃萁。
教堂束手無策
上帝還在睡覺
魔鬼邪笑連連
詩興,起了怨
我的心頭在雨雪霏霏
還能觀,還能群,還能言志麼?
凝滯
怕是無能為力詠歎了。

手指微微抖顫,我轉頭
窗框的月色在長吁短嘆

還是只好觀看那池水錦鯉的泡沫
與杜鵑春臨的啼血
花下,野貓已經爽快離去。
雲端視窗
手機裡的烽煙
沾在夜深人靜的杯緣
我的舌尖
從溫潤、酥麻轉向蒼涼。

# 戰地毛小孩

日與月現在都長滿窟窿
時光張牙舞爪
吞吐著爆裂煙硝
溝壑汩汩流著膿囊
葵花油炸出滿天星斗
我的家我的窩被踹進
加護病房。馬桶被裝上葉克膜
排泄著斷壁殘垣
諸神俯視血肉橫陳
親愛的主人啊！你們現在奔向何方
為什麼不帶我一起逃亡？

抵抗的士兵們倉倉惶惶摸摸我的頭
又擁抱槍眼，急速竄走
消失在聶伯河的斷橋周遭

雪水在我的肚子裡咕嚕
飢餓跳躍在枯枝上著火
恐懼、無助、顫抖，飛掠在
不遠處的導彈傷口
坦克履痕旁的橫屍
我只好噴濺淚滴的炮口
啃下去，啃下去，啃下去

黑夜籠罩著滔天大罪的牙齦
是誰把我咬成佛地魔的跟班食屍徒
在雪地裡呼嘷著
慘絕狗寰的蒼涼悲愴？

# 雪落無痕

我是雪
霏霏舞落,晶瑩
剔透有情大地
為來春孕育
生命的涓滴
溫潤,世間的情誼

我是雪
滺滺飄落,詩人說
雪落無聲
聲韻空靈唯美
只是今夜的雪
卻聽,哀鴻遍野

我是雪
簌簌掉落,殼觫
在炮灰的午夜
掩埋殘魂飛魄
為無情人間
咳嗽,掬一把血

我是雪,不是血
你因戰火而顫慄而走音

你走過斷垣殘壁
踏著逃難的雪爪
跨過聶伯河
跨過彈孔纍纍的沈默屍骸
逃向華沙的邊境
喝一口溫暖雪水煮成的淚
迢迢餘生，能否再回
雪落無痕而殘破的家園？

# 夜晚的英雄

雪絲的舌頭捲著
離亂霏霏的煙硝
稚嫩的腳踝踏過雪爪
向日葵在荒漠的路旁
乾癟冬眠
不知,代表家國的圖騰
已輾過殘破的履痕
不識,驚嚇避禍的飛鴻
拓印天際蒸騰的哀鳴。

參差的纍纍彈痕
塗抹火舌的屍骸
曝躺在征途的輪軸溝壑。
他驚鴻一瞥,冷顫
媽媽爸爸的殷殷叮嚀在天邊飛掠
手上塗寫的電話號碼
在砲彈聲中暫時隱翅難鳴
等待打給鄰國的親戚救援。

小王子的玫瑰與狐狸
他曾讀過好幾回。現在
十一歲的童話寫在飛彈的夢裡
路途太遠,夢魘太近

希望逃離只當做一場暫時的夢遊
侵略者沒有愛沒有責任
現在他用心去看才看得清楚。

夜幕茫茫，坦克轔轔
幼嫩的生命渡口，如此剝落
醮染戰火的眼睫，懵懂迷濛
他行囊背著草木皆兵
護照印著媽媽的淚漬
塑膠袋包裹著爸爸抗敵的槍眼
舉頭，月暈也跟著他流著
逃家千萬里的涔涔汗滴
低眉思索，來日重返家園
也能夠繼承爸爸保家衛國的肩胛。

註：烏俄戰爭如火如荼，一名 11 歲男童，從烏克蘭南部札波羅熱城（Zaporizhzhia）離家逃難。他身上只帶著護照、背包和一個塑膠袋、手上寫著一支電話號碼，在沒有任何成人陪伴下，隻身千辛萬苦穿越直線距離 780 公里的路途抵達斯洛伐克邊境，被當地媒體譽為「夜晚的英雄」。

# 出征的詩魂

我是一首詩
你不用擔心，爹地
我現在在一輛坦克前
叫你的孫子阿興
勇敢地抵住它的履帶
不叫它輾死人

我是一首詩
你不用氣餒，爹地
我現在在一座榴彈砲前
叫你的孫子阿觀
凜然地堵住它的砲管
不讓它炸死人

我是一首詩
你不用喪志，爹地
我現在在轟炸機的駕駛座前
叫你的孫子阿群
義正辭嚴的說服飛行員
不使他按下導彈的按鈕
濫轟無辜的生靈

我是一首詩

你不用灰心，爹地
我現在在那個魔頭的面前
叫你的孫子阿怨
苦口婆心拿孫子兵法勸他
「知不可戰而退者勝」的道理
勸他早日回心轉意，鳴金收兵

聽說你們都稱呼我是
一個詩人
我現在老淚縱橫，躬屈著背脊
彎下膝來撿拾紛紛被擊斃的詩屍
血肉模糊啊我的兒啊我的孫啊
你們的魂魄請安息
你們的阿公我會一首又一首的
繼續咳血的吟詠
繼續揮灑著詩魂
繼續無畏的出征
直至蠟炬淚乾，油盡燈枯
讓老朽我福爾摩沙的詩魂奮勇前進綿綿無絕期

# 地雷的獨白

1.

我今天覺得很寂寞
昨夜,幾尾蚯蚓在我身上來回
穿梭、按摩、嗅聞、疑惑
牠們議論紛紛
說我煙硝味好重,好臭,殺氣好重
早上,我仰望禿鷹在天空
對著雲朵在鬼畫符
中午,聽著烏鴉站在山毛櫸枯枝上
扯著喉嚨在唱永生咒
主子撤退布查小鎮轉進頓巴斯時
把我埋在亂葬崗附近的產業道路
交付我阻斷敵軍的追擊
只是一天過去了,靜悄悄
除了路旁的雪堆在涔涔流汗
沒有半隻獵物來光顧
只有邪惡的虛無陪伴著我

2.
我今天覺得很興奮又很悲傷
我們同廠出品的幾個弟兄
被主子分別埋伏在產業道路四周
屏氣凝神,耳聽八方
一個老婆婆揹著布袋,牽著一個小孩
「阿嬤,媽媽在哪裡?」
飄飛著散亂金白髮絲的老婆婆步履蹣跚
往我第三個弟兄的方向踅來
「在坡地上新挖的亂葬崗,
我們祭拜完了,就趕快走。」
轟,淒厲啊一聲!
魔鬼在笑,聖母瑪利亞在哭
沒有淚,只有血和那個布袋在翻飛噴濺
沒有天,沒有理,只有邪惡的虛無在
餵食禿鷹的鬼畫符
我現在覺得很虛脫很沮喪
我很想把我的眼珠子挖掉
丟給烏鴉的喉嚨去歌唱

# 基輔夜未眠

基輔的夜空,夢魘橫飛
雲綿綿,靄翩翩,霧涓涓,滴落……

坦克炮火在密室的門邊轟擊爆破
**轟擊飄逸的**
雲朵。幻化成煙花裊裊
幻化成一朵慘白
一朵滄桑
一朵淒厲
一朵劫難
一朵血肉模糊
一朵噴濺的雪花
一朵青澀的手握
(丹蔻纖手,握的是一朵暗藏殺機的蝴蝶雷?)
一朵嫣粉的帶刺
一朵碎裂的破口
一朵烏黑的圓舞曲
(傘為何像一朵潛艇在水中跳舞?
它銜著飛掠的核彈頭在浪漫舞踏嗎?)
一朵煮豆燃豆萁的鍋鑊
一朵戰爭與和平的托爾斯泰
一朵砲擊火燒的核電廠
一朵英烈鑿洞自沈的艦艇

一朵夢的解析之非菸非斗
一朵諸法貪相的錯亂意識流
一朵朵一朵朵，一朵朵一朵朵滴落……
滴落五蘊皆婪
皆狂
皆猙
皆魖
皆不空
皆六識逆旅
皆無明龜裂，皆噴灑無間道
（於一切眾生無嗔愛？）
那丹蔻的纖手在砲灰的窗櫺門縫撿拾
佛的遺骸
（佛如一朵雲還是一朵香菇，或者是
一朵四祖道信大師的摩訶般若波羅蜜而能退敵？）
無奈，慈悲、寬容、菩提心的舍利子
燒灼在北極熊的爪掌心
五朵鏡像如詩的超現實凝睇
東正教斯拉夫兄弟們的破折號
阿拉與耶穌基督也滴落
滴落馬格利特在自由的門檻上四分五淚

啊！淚，潺潺淚滴聶伯河
淚滴孤苦殘破的基輔夜未眠

# 還至本處

鏡前的凝眸
水珠漾著時光的眼簾
在妳丹紅的指間
握著一粒青綠愛戀的心

心在門縫傾聽，發芽，孕育
窗框的穹蒼映襯出
一朵綿綿蘼蘼
白晰飄飛的眉宇

眉宇微蹙，破圓掉落
碎片竄出口舌
孕之不濟，感同身受
最是悲嘆遠方砲擊的斷垣殘壁

殘壁孤苦，迎著雪花紛飛
轆轆輪軸輾過國仇家恨
角落，猶濕漉著一朵
未被蹂躪的粉嫩未來

未來的雨幕，潺潺滴落
撐開又閉合
黑闇的色澤，能否支撐

綿綿無盡期的物哀消逝的愁思

愁思之物，遲疑心扉
叩問，這不是一隻菸斗
夢與超現實
錯視哲學能否解答這一切？

一切物相，皆不住空
了無罣礙，屏除心的悾憁
眾生緣起緣滅
自可還至本處中

# 疑惑

你為甚麼飄浮著一身白,
偷偷在門縫窺探?
我想知道祕密,
尤其是核彈發射的日期。

你為甚麼都快粉身碎殼了,
還咧著一張小黃口罵人?
因為砲彈四射,血肉橫飛,
家破人亡,國破山河在!

你為甚麼塗紅握綠,
隱身,依藍遮蔽?
因為戰爭沒有顏色,人心塗抹了
利慾薰心的色澤,才是問題的所在。

你為甚麼花開如此嫣粉華麗,
還要吻地謙卑?
因為煙花易冷,弱肉強食下,
只得尋求避戰的卑微做法。

你為甚麼全身發黑,
還流著兩行清淚?
因為我無法遮蔽,
人心貪婪的狂風暴雨。

# 丟香菇

　　雨雪還在間歇紛飛飄下，坦克推進的巷戰遭到血肉橫飛的抵抗。慘絕人寰的真空彈與集束彈無差別炸射還是無法速戰速決。遭受各國的制裁越來越嚴酷，他渾身被抽得乾癟不已，難道回復昔日橫跨歐亞的偉大帝國夢想就如此碎裂？

　　已經許久沒有回官邸過夜了，失眠像一泓瀑布，淙淙流瀉他的每一細胞。他需要冷靜的孤獨思考下最後決策。眼簾浮腫，瞳孔血絲斑斑，他咬了一口青澀的蘋果，早晨破碎油膩的荷包蛋在他肚裡咕嚕作響，他瞥眼門邊窗框的那朵雲，啐聲悶哼他討厭的遠東古詩人李白的那句詩「總為浮雲能蔽日」。他萬萬不能相信如日中天的他竟然被那些烏煙瘴氣的浮雲所遮蔽。他萬萬沒有想到，昔日在帝國麾下的斯拉夫小老弟如今成為一朵玫瑰，招蜂引蝶的在眾多保護傘下，讓他無法狼吞虎嚥。他沒辦法嚥下失敗這口氣！

　　他想起愛因斯坦的預言名句：「第三次世界大戰將要使用的武器我並不知道，但是第四次世界大戰將會用木棍和石頭開戰」。他邪惡的冷笑著，拿起加密話筒正色說：「部長，現在我下令，30分鐘後，嚴密執行我們已經準備好的代號『丟香菇』！」

# 馬賽克

　　他是《羅生門》的武士輪迴轉世再來。他的同袍正在血淋淋的決戰頓巴斯。他是天然氣公司的寡頭富豪。他突然在院子上吊了，加泰隆尼亞警方同時發現他的妻子及女兒被斧頭砍死在臥室裡。

　　警方準備商請黑澤明的靈媒鬼魂附身來協辦這樁滅門血案。至於亞速鋼鐵廠附近亂葬崗的萬人坑，那些血肉橫飛的平民鬼魂恐怕很難比照靈媒附身來申冤吧？那只能放任歷史的留白或懸疑推理下去了。聽說不留白、懸疑或意象晦澀，詩質就會稀薄，就不像散文詩，而是無聊的散文了，一些喜歡瞎猜的桌頭詩評人都這樣說。但是如果需要跳童乩，讓詩質更濃稠更有看頭，我倒有能力請九天玄女降落、降落、降落來幫忙。

# 城市與廣場的絮語

　　我是南部港口城市敖德薩。黑海如煙，歷史若花，煙花易老，歲月如麻，總愛把我當成煙花女，恩客隨意臨幸，任意抽插，然後擦擦鼠蹊部的穢物，拍拍屁股就走人。從亞歷山大大帝到彼得大帝的金戈鐵蹄，來來去去，從不間斷。現在，有個兇猛的嫖客，不停地發射巡弋飛彈來抽插，讓斷垣殘壁與死亡哀號在歷史的荒誕鼠蹊部。

　　我是敖德薩市的廣場。歷史也把我當成煙花女，恩客有時叫我阿花廣場，有時叫我普希金廣場、凱薩琳大帝廣場、馬克思廣場、希特勒廣場，或者有時叫我出口廣場，從我的陰戶出口許許多多的穀物與葵花子油。現在我的陰戶被炸得稀巴爛。黑海如煙，歷史若花，煙花易老，歲月如麻，不知道如麻的濫炸後，他們會把我重新命名為甚麼廣場？

# 匿名者

於諸神打盹的末梢午後
我們告別了但丁,告別了羅丹
也告別了地藏王菩薩
我們彷彿帶著面具的啄木鳥
從秋風颯颯就啄、啄、啄
啄到大雪紛飛後的春寒料峭
從貪婪腐化就癱、癱、癱
癱到暗殺成癮的極權專制視網膜
從恐攻侵襲到濫殺無辜的轟炸
我們達達達的網蹄聲
踏平全世界的不公不義
我們不是妳青苔石階倚門而望的歸人
也不是你野心豢養胡亂撕咬的哈巴狗
我們不是褪了色的達達馬蹄
我們不是過客,更不是掮客
我們是不折不扣的正義使者
駭——客!

在你勝利日紅場龜縮演講的隔日
在你開刀治療之前
她送你一個大禮物
送你勝利日變成大肚日
這個不用我們駭,我們叼啄

你就已經氣噗噗脹紅了臉
這個不用我們駭,我們癱瘓
你雙手沾滿汩汩鮮血的後腦勺
就被戴上了一頂大綠帽
屠夫的末日即將來臨
請你即刻縮手,即刻撤軍
宣布退回你的紅場老巢,懺悔,養病
我們的奉勸,你務必要牢記
我們不會要你扛幾袋米,上幾層樓的痛楚
我們不是房客,更不是政客
我們是不折不扣的正義使者
駭——客!

你問我們是何方神聖,何方鬼魅
膽敢如此有眼無珠,如此狂妄自大
竟然不怕你末日飛機上的按鈕
將地球炸成一團核爆的火球
呵呵!我們有時魑魅魍魎,有時義薄雲天
有時扮演等待果陀的荒謬無厘頭
有時踽踽獨行於艾略特的荒原
有時隱喻,有時明喻,有時借代,有時留白
有時抑揚頓挫,有時無聲勝有聲
有時淚流滿面

因為亞速鋼鐵廠在橫屍遍野,在滿目瘡痍
有時歡樂滿懷
因為網攻犀利,癱瘓侵略者的不公不義
我們篤信愛與和平是普世的價值
屠夫必將被送入地獄門遭受天譴
我們是不折不扣的正義使者
駭——客!

# 髮祭

媽媽把我的頭髮理個精光
如落葉簌簌掉落。
爸爸已經躺在亂葬崗的溝壑,
而哥哥被派去決戰頓巴斯
何時可再相擁而泣
哥哥說,這要問十字架上的
耶穌基督。

他們已經撤軍了
就在前天夜裡的布查小鎮
吞火後的枯樹上
那隻貓頭鷹的眼眸
如磷火,綠油油地
穿透他們的腳脛
目送他們撤退的輪軸
轆轆而過。但是
他們的履帶卻在我的私處
遺下難以抹滅的哀慟烙痕。

就在前幾天的地下室
他們把我的長髮釘在灰牆上
他們的槍眼,好幾次
在我潮濕嫩芽的小小森林,

栽植
栽植啊！火一般的煉獄，
痛不欲生。
使我的髮梢
如天女散花
飄飛痛徹心扉的夢魘。

媽媽把我的頭髮理個精光
我兩粒剛剛萌芽激凸的胸坎
媽媽也把它緊緊地、密密地束進
性別迷因。
冀望小小的森林圖騰暫此消失
避免再遭悲苦的蹂躪。

媽媽把我的頭髮理個精光
我秀麗金褐的長髮
一絲絲一絲絲的飄落
飄落在已無淚可滴的大地。
我想拾起斷髮如血、如穗、如夢。獻祭
獻祭啊！親愛的母親之河——聶伯河
雪溶後，把哀慟漂流到黑海
讓我的靈魂自由自在的
翻泳、悠游，滌淨。

# 萬人坑

斷垣上的雪,在汨汨飲泣
殘壁上的風,在呼嘯生氣
枯枝敗樹上的槍眼在著火
而那黑黑的、黑黑的烏鴉
禿禿的、禿禿的禿鷹
在鴉吞鷹嚥上帝萬能送來的
腐肉饗宴。

貓咪,躲在月暈下的眼瞳
綠油油的,好有生機。
柴可夫斯基和托爾斯泰的眼瞳
不知道掉到哪裡去?
他們或許攜手去看穿魂魄飄飛在
各個角落。

他們橫屍遍野還想呼吸
屍袋,一袋一路想要快遞
丟坑,結束草草這一生的殘戲。
他們曾在基輔地區的布查城市街道
痴痴的仰頭望月。
他們曾在伊爾平的彈坑躲避
他們曾在切爾尼哥夫的溝壑聞雞
但早早已經起武
一起奮戰的弟兄分不清是烏還是俄

一起血拚的同袍來不及收拾遺體
他們快要凍瘡的腳踝,起心動念
撤退、撤退、撤退……
逃家千萬里的難民,橫遭射殺
中彈、哀號、腐屍,顛沛流離
他們連淚都來不及擦
來不及抵萬金
淚漬沒有紙可以滴
家書早已被杜工部丟棄
黑夜中的流螢磷火在銷售,惡臭
烽火連天
雪落無痕
坑,埋無恨
愛,不知道乾癟在哪裡?
那埋頭苦幹的圓鍬鏟子一直在閉氣
一直在澤倫斯基的絡腮鬍裡抽泣。

我的詩,午夜夢迴
盯著銀幕,咬著訊息
意象很想早早撤離
可是身不由己
詩韻潮濕,在顫抖,在咳嗽
在跟著咳血,在跟著岔氣。

# 洗碗

晚餐,正吃著津津有味
電視報導的螢幕,出現
馬立波亞速鋼鐵廠連續爆炸的濃煙
把我剛夾在嘴邊的白斬肉
驟然煙燻成燒臘
嗆了我幾聲咳嗽
差點把我腦海好不容易
醞釀幾行的反侵略詩
也咳到九霄雲外

老妻突然接到娘家電話
說丈母娘快篩陽性
急急趕回去,料理
吩咐我記得洗碗
還交代我不要整天神經兮兮
搖頭晃腦
自言自語那勞什子的詩情話意

我被詩凌虐已久的雙手雙腳
戰戰兢兢地收拾碗筷餐盤
抖抖顫顫踅進廚房
屏氣凝神
極盡所能地忘卻老妻所謂的勞什子

洗碗精滑溜溜
彷彿滑進聶伯河的雪地
螢幕猛烈傳來的砲火聲
炸得我脆弱不堪的詩手
把老妻圓圓胖胖如月亮的臉
一個恍神洗破在水槽裡
噴濺出淒白蒼涼的月光碎片
也噴濺出我勞什子的詩情話意

# 橫詩遍野

天空滴著涎
末日飛機的按鈕在邪笑
「薩爾馬特」彈道飛彈的核彈頭威嚇要啃咬
雪飄著霏霏的血淚
樺樹長滿槍管的痔瘡
輪軸履痕輾過飢寒交迫的火舌
禿鷹的喙，嘎嘎嘎漲破肚皮
白楊樹上的烏鴉熱烈彈唱著
馬勒的送葬進行曲
蠓咬蠅吮著孩童婦女的腐屍
泥濘地上的軀體已經支離破碎
向日葵笑看亂葬崗的公理與正義在荒涼
教堂的十字架也長了蛆
聖母瑪利亞的乳房被迫還在餵食北極熊的邪惡
榴彈砲吻著昨夜的陰道
超高音速飛彈含著年輕的陽具
炸開在聶伯河的後腦勺

我老邁的詩腳爬上聖索菲亞大教堂
讀著托爾斯泰的《復活》
還有那膾炙人口的《鋼鐵是怎樣煉成的》
我知道你要複製上演著
辛德勒的方舟或者第幾號屠宰場

我無畏無懼的努力啊!扛著詩上塔樓
撒詩,成豆、成兵、成砲彈
以福爾摩沙的詩魂來抵抗來參戰
我的詩粒雖然還在電鍋蒸煮
我的詩句還在煎鍋裡爆香
我的詩行還來不及滴汗
我的詩節還來不及流涎
我的詩集還在出版社悶燒
可是我懷抱著一腔熱血
就是要反抗,就是要反侵略
雖然我知道會在你的按鈕下
橫詩遍野
可是我還是努力要彰顯世間的公理與正義
不再孤單,不再荒唐,不再流血,不再流淚

# 五臟六腑的躁動

老妻在廚房的爐子上
吱吱喳喳地煎鍋,油炸
彷彿遠方的砲火
轟轟烈烈炸響
嚇得我絞盡腦汁剛吐出的這一行詩
魂飛魄散
差一點詩骨無存。
烏克蘭的葵花油缺貨
東南亞的棕櫚油漲成
防疫中心的熱鍋
那乾脆到傳統市場買豬油,
湊合著代班,還可以回味童年的阿母味。
(剛剛跑腿買回來
被老妻數落了一頓
說我口罩雙手還有腦袋瓜都
忘記噴酒精。)
老妻嘟嚷著
螞蟻上樹很難做
蛋餅煎得不夠火候
炸麻花沒有心得
最後,春捲被油炸得唉聲嘆氣
在我的舌尖嚶嚶訴苦
油膩膩嚥下食道後

肝膽胃腸的防空識別區立馬示警
免疫系統以
雷霆萬鈞之勢
霍然起飛,直逼中線
滾滾轆轆,失焦、變焦再聚焦
波濤洶湧,呼嘯,天旋地轉後
以不模糊、不曖昧的樣態,廣播
阻卻三高、衝腦、反式脂肪的飛掠侵犯
了卻舒適圈的味蕾
雄糾糾氣昂昂地
宣示清淡無染自由生存的
五臟六腑的健康空域。

# 秋聲無語

蟬的尾椎掛著嗩吶
秋夜裡
老是跟鈴鐺爭短長
蟋蟀在土裡
探頭探腦
也想出來吼熱鬧
吹起陶笛，拚雙簧
竹杖芒鞋被吹得萬分滄桑

苦楝樹掉了滿地的虛無
枯枝敗葉飄落無窮的孤獨
燒焦的喉頭
在苦苦的等候
秋雨無能霏霏
簾外很久沒聽到潺潺了

後主在問，她怎麼了？
我答以，秋雨姊，她啊
被紫外線的火舌和懸浮微
粒欺負
跑去投靠東坡先生
高歌，也無風雨也無晴
她喃喃自語

風波已定,乾枯向前行

遠方砲火,聶伯河被轟到秋高氣喪
眼前大疫又重起
次世代催我打第四劑
口水、髒水到處潑
後主您沒見過票匭
投不投票與您沒關係
您只關心您的金縷鞋小周后
我呢,股海崩落,通膨咬怪獸
我就只能蒼天問無語

# 夢中灰燼
## ——悼台灣勇士曾聖光

風拂眼皮
初冬的眼珠閃爍不歇
我急欲去除晾曬在陽台上的
濕冷夢魘
烏雲被夜幕涮洗過來
選舉看板的微笑眼圈
吶喊，奔馳，火熱。激情過後
涮洗過來幾家歡樂幾家愁
勝與敗，幾度夕陽
過眼雲煙，轉頭空

月光拖曳，樹影搖搖擺擺
掩映，島嶼的阿美族勇士
在烏東盧甘斯克的影像輪廓
越過窗櫺有幾管炮聲橫衝直撞
自手機的夢中螢幕
遙遠地疾馳而來

夢中螢幕在窗櫺演繹
戰火穿梭酸澀的眼簾
飛掠的鼓譟壕溝，炸開，焚燬

血漫煙塵，火化肉身，如佛舍利
你在基輔的告別式
有兩面類似命運的旗幟
疊合，撐開，覆蓋
心心相印，永結同心

我的夢從銀翼燒出灰燼
驚醒，閃擊，跳躍心浪的拍擊
歷史能不能停格在愛的失落撞擊
而不悲傷你山地部落的父母眼翳
你沙場的英姿魂魄
飄洋過海
終歸南國島嶼的祖靈懷抱
生與死，幾度夕陽
過眼雲煙，轉頭空

# 夢迴老人窩

此刻先不談
海明威的馬林魚骨頭
或者他的冰山理論與雙管獵槍。
此刻要談的或許只有
黑白,沒有彩色。
但是你努力如土撥鼠
望著天邊乍現的珠母雲
努力撥出你曾經擁有的
彩色回憶。暫時
忘卻眼前灰白的、蕭索的、疫變的
吃土如廢墟的酸楚。

想當年,你曾經
從南洋的夢中撿回一條小命
在陳千武的信鴿翱翔天際後
咀嚼起自己的傲慢來
你一餐吃了八碗米苔目
八串烤雞屁股
八盅古早味麵茶
八份豬腳麵線,八塊臭豆腐。還有
一大盆麻辣火鍋
一大罈紅露酒,還有
還有啊,啃掉八尊司命灶君的爐火。

想當年，你也曾經
一夜給妖俏的女朋友七次郎。
太陽曬屁股時
你還在酣睡
女朋友已經揪來她的閨蜜
講，食好，愛鬥相報。
轟傳之後，那個牛郎店的頭家
苦苦來央求
央求你到店裡擺牛頭。
繽紛，豐腴，狂野但寂寞的貴婦
錯落在你健美的胴體游走。
情色鑿鑿
兇猛鐫雕如大島渚的影像色澤。

都講，食色性也
告子與孟子老兄顯然是你
昔年彩色的知己。
只是綿綿的歷史輪迴恆常讓你
色澤難調，善惡難辨，是非難分。
只是時光如簪
簪簪穿心
毫無通融餘地。
你的父祖曾經擎起黃虎旗

來對抗登島侵噬的太陽旗
旗正飄飄，風聲鶴唳
烏合之眾啊！
血染、竄逃、潰敗，不堪一擊
島嶼的天光
從此陷入迷濛闃寂。
你的孫子亦曾經在立法院
插過太陽花，為理想而吶喊。
而你也曾經是
被強徵到南洋的軍伕
去執行殖民帝國的殺戮
卻得不到一絲絲的慰安。
雖然戰死也是一種
凱旋。要是戰不死而拖著
長長的、折磨的、灰白的微塵肉軀
又當如何？

午夜夢迴，柴灶旁你淘米的手
在星空下耙梳。
炊事，是你已經習慣餐風宿露
而被分派的活。
你也習慣子彈咻咻穿過袍澤的胸膛
而感知驚心動魄的痛。

血噴太陽旗下
南洋戰場的篝火依稀明滅,遠處
高腳屋逆風嘎嘎作響
邊坡草叢,鬼影幢幢
軍犬瞪眼,仰頭在淒厲汪汪吠吠
棕櫚樹下,波光粼粼
野豬張著獠牙在渡河
榴槤樹上,煙硝裊裊
領角鴞在幽幽嗚咽,在問:
你的敵人
到底是人心還是瘟疫
或者是塵世的無常幽微?

那叢血紅的九重葛在圍籬上打哈欠
懶洋洋的慘白夕陽餘暉
篩進安養院的窗櫺。
你此時攤在輪椅上
歪頭斜眼謀求小小的
暖意。鼻胃管插著抽象的流體
你的椅把,掛著尿袋
已嗅不出任何隱喻。
你像麵線掛著的目屎
塗著蒼茫的韻律。

輯三・戰火浮生錄

你鬆垮縐憋的口罩
千層萬層都罩不住
滿天飛舞的變異株與政治口水。
你此刻身陷長照的圍籬
幸虧沒有集體染疫。

這裡沒有戰地春夢的旖旎華麗
沒有美人樹枝上的英勇尖刺
沒有革命與反革命的吶喊激素。
在這裡，黑白與彩色已難以轉喻
你頹然蠕行的輪椅
已難以勾勒任何破折。
在此時，你連拿起雙管獵槍
轟向自己的力氣都沒有
你只能眼睜睜望著
艱難挫敗的馬林魚骨頭。
在此刻，你只能以
平鋪歪敘的白日夢
粗俗不堪的戲劇獨白腔調
來褻瀆你乾枯破碎的鼠灰詩行
來喟嘆你日落西山的凋老夢鄉。

輯三・戰火浮生錄

## 輯四

# 凝視

# 蝴蝶游泳
## ——寄是枝裕和

假日午後,眼瞳想要吃霜淇淋
MOD 影片爽口了我
你紮紮實實吞了一朵金棕櫚

我舌尖品嚐你的橫山家
之味。夕陽落在
沒有海的海灘上

那年,無人知曉的夏日清晨
你拍著海街日記,或者
比海還深。她的下一站,想去天國

老邁的樹木希林比手畫腳
念念不忘的蝴蝶
在小路旁的花間游泳

康乃馨花蕊
別在家族喉頭
溫暖了千瘡百孔的生活

花氣襲人

透著一股思念的寒意
黛玉就是不懂陸放翁

「生也日常,死也日常
　死亡常被看成是很特殊的事
　但死亡並不是壞事」

遙控器偶而在手中打盹
我的詩意歲月不怎麼靜好
老妻在一旁的椅背鼾聲如雷

螢幕中的家族電光石火
死亡年金想方設法詐領
小偷終究不能當飯吃

魂牽夢縈的蝴蝶
在莊子的夢裡
翻飛,妻的試與不試都無所謂

翩翩飛舞的蝴蝶
遠看像喜劇
近觀充塞著奇幻的悲劇情節

歧義,悲劇不像悲劇
**蝴蝶**也不像蝴蝶,總是糾結
生活不如一鏡是枝裕和

## 愛是支離破碎的雲

巷弄的櫻花如流星飛落
大都喻意五彩繽紛的幸福
有時卻是無情離枝的飄零
飄零在血濃於水的原生遺棄
遺棄於胳臂上的燙熨
燙熨的烙痕
演示生存殘酷的掙扎
掙扎在綁架與收容的辯證
辯證於生命孤寂的荒謬存有。

你們兩片花朵離枝，無言的棄別
無根的飄泊。家
是遙遠碎屑的想望
饑寒交迫疑無路
柳暗花明，終有春的清風
徐徐吹拂。春神的眷顧
你們兩朵幼雛
被檢拾到拼裝車式的窩
有暫時存活的孤伶位置
學習偷竊的技巧
上學又是遙遠碎屑的想望
只是這破銅爛鐵的窩
這窩，虛擬的家啊！

還有一些些類親情溫度的慰藉
你們已經感覺很滿足。

還好有妹妹疑問，你們倆老
那禁錮多年的乾柴烈火
終得有小確性的出口
能做，愛做的事
已是生之無常的奢侈
未來像一口縐瘤的井
伏流著冷冽的乾涸窘迫
孩子，你們叫一聲多桑、叫一聲媽咪
有這麼困難嗎？
在地底下埋葬
隱晦的死亡
可以養活殘破不堪的窩
這避開孤獨死的老年年金
如詩的留白
有艱澀的的溫吞雲彩
照耀底層日常微塵的悲歡離合之愛。

我們的愛是支離破碎的雲
有時白雲蒼狗
有時五彩繽紛

有時烏雲密佈

有時狂風驟雨

我們是雲雨中悠游求生的小魚

刻苦渺小的相聚

努力團結一致

也有力撼冰山的大魚能力

好好相聚在一起啊！

好好相聚，不要分離

不要再被宿命所拋棄

我們要好好的珍惜

要緊緊擁抱這生與死的苦難歸依。

附註：日本電影《小偷家族》由是枝裕和編劇導演，是描繪現代日本底層社會艱苦求生的悲歡離合經典之作。本片獲第 71 屆坎城影展最佳影片金棕櫚獎。是枝裕和為繼衣笠貞之助、黑澤明、今村昌平後，第四位拿下金棕櫚獎的日本導演。是枝裕和導演有「日本的現代小津安二郎」、「日本的侯孝賢」之稱。

# 星艦迷蹤進行曲

謎樣的黑石板
矗立
牽引猿猴的時光漣漪
那根骨頭
敲破伊甸園的蘋果禁忌
毫無懸念的拋向
無垠的天際
迷迷濛濛，尋尋覓覓
繽紛浩瀚的銀河
航向達爾文進化論的階梯
隨即演化成
科幻經典的進擊

（不用起疑
科幻電影的開山祖師
史丹利庫柏力克
以查拉圖斯特拉的樂曲
彈奏如詩如畫的饗宴
給我們飽食了一課
燒腦的未來星塵議題
到如今馬斯克、貝佐斯還在
後頭苦苦追趕他的
炫酷遊戲）

嫦娥、吳剛、玉兔都紛紛逃逸
探索星際太空的基地
在此建立
曲徑通幽處
那謎樣的黑石板蹤跡
又鬼魅般的再次聳起
傳染病的謊言
是人類野心的必要之惡
追尋外太空星球的
發射器
才是航軌轆轆的真正謎底

發現號太空船的電腦主機
HAL，真是機腦勝過人腦
為了自保
先下手為強乃是生命存活的硬道理
扼殺夢中的三條魂魄
死亡的冰冷意象
哂笑在暗黑的背脊
牠欺敵的拉扯斷氣
再下反噬文明的惡毒主意
只是，機高一尺，人高一丈
人工智慧的，工

最終還是拚不過人腦智慧的，腦
飄遙在木星眺望的隱喻
了結人們醒世的祕密

（德不孤，必有鄰
霍金的輪椅
後來也刻著他歪脖斜肩
再三叮嚀的警語：
小心機器人與外星人滅我人跡）

搖籃擺盪在星海無邊的蒼穹
退化至純真嬰兒的襁褓能力
是木星最終航程的探秘
曙光還在孕育
飄浮的晦澀只是不得已
徒留生命無常的詠嘆調
歌吟：噓唏啊，噓唏！
黑石板，祢是
回歸子宮的咒語
難不成是造物主化身的導演給
我們萬物之靈的謎底
現今，元宇宙正夯
穿梭時空的虛擬實境正潮

祂或許鼓勵我們再接再厲
一往情深的繼續
探索混沌初開的未來世紀

附註：電影《2001 太空漫遊》由史丹利・庫柏力克導演，是科幻電影的開山奠基之作，隨著時光遞嬗，至今仍是科幻電影的永恆經典鉅片。本片獲得 1968 年 4 項奧斯卡獎提名，而獲最佳視覺效果金像獎，是 1968 年的北美最高票房影片。1991 年，本片因「文化上，歷史上和審美上的重要價值」而被美國國家電影保護局收藏。

# 不變的變奏曲

日子充滿了卡其味
野薑花開著死白的皺褶
貓膩是未來世代的結構
流水掦著頑石匆匆洗滌
拒絕同流合污
阻抗沆瀣一氣
卻招來，晾衣繩上
翻飛著肅殺的風

這風吹的白色並不恐怖
恐怖的是心的屈服
心的日漸枯槁
心的無形禁錮
審訊過後，心田種下那
了無生氣的色澤
才是讓人驚慌的闇鬱繩套
爸，你義正詞嚴的喉舌
怎麼就消溶在戒嚴的陰森藩籬？
變與不變
怎麼就如此匆匆
如此匆匆的下了抉擇？

我說青春無悔

存在無罪。虛無
搭乘弓矢咻咻咻，穿心而來
記過退學的慚穢如蜂螫
那針尖腐蝕的痛楚
鄰家的羞辱
朋友的義氣
發霉的前程
暗黑的情關
連鬼針草都不想沾粘
我如何隱忍度過？
如何支撐這變與不變的糾葛？

鄰人醉臥的溝渠身軀
在深夜悄悄試探
仇恨瀰漫的心影石頭
蒲公英的白絮在路燈下飄飛
我揮走幾隻蚊蠅的嗡鳴
抱起孟子的本性
抱起善與惡的掙扎呼救肌底
我向天上人間叩問
問這善與惡的虛線到底劃在哪裡？

都說愛情無價

情到深處無怨悔
島嶼的天空
飄下輾壓幫派械鬥的雨
斜斜細碎的風
吹不動移情別戀的痛
挽回,舌的蓮花是那樣的瘋
用苦澀的舌尖想要
穿刺變與不變的世間瘋狂
刀的吻
是愛的極緻火候
血的淚
是情的虛無歸宿
我殺社會,殺體制,殺國魂
殺妳青春無悔,殺愛情萬歲!

媽,風還那麼狂野嗎?
妳的曬衣架還安好吧?
爸的白色藩籬還在浸泡嗎?
我同學們都考上心目中的好學校了嗎?
姊還有妹都玉立婷婷了嗎?
媽,我很好
妳無需懸念
我還在獄中緊緊擁抱

小明昔日愛的魂魄
我還在努力丈量變與不變的距離
淚痕隨著妳的曬衣架風乾後
陽光就會普照
有情天空還是值得我們細心仰望。


附註：電影《牯嶺街少年殺人事件》由楊德昌導演，是台灣新
　　　浪潮電影時期披荊扛鼎之作。張震、張國柱、金燕玲、
　　　楊靜怡等主演。本片獲第 28 屆金馬獎最佳劇情長片、
　　　最佳原著劇本獎，亞太影展最佳影片獎，東京影展評審
　　　團特別大獎，南特影展最佳導演獎。

# 花樣情緣

我的單鏡長拍鏡頭，
舒緩且凝鍊。
我呼吸的精雕細琢，
慎密畫面溶切
的青樓。鴉片煙靄裊裊
燻燃杯沿沉沉流連的
真真假假情緣。
訴不盡，
無情荒地無情天。

我專注鋪展的場面調度
聚焦爭情奪愛。
隱喻，水滿則溢
月盈將虧。
吳儂軟語的風，切過雕梁畫棟
淌洋於滬江，綻放
粼粼難以劇透的荒漠情慾
演繹，只有肉
沒有靈的數朵海上花。

我舉世聞名的凝視鏡頭
溯源記憶的深淵
爬梳妳們的爭風吃醋

潮起潮落，紅女綠男
胭脂塗抹的粉塵，飄落
流金歲月，腐情癡愛的虛幻
建構我
運鏡美學的詩韻精華
靚極了愛情的夢中樓閣。

附註：侯孝賢導演的電影《海上花》，根據 19 世紀末韓子雲以上海話創作的小說原著，再由張愛玲註譯的《國語海上花列傳》改編而成，由朱天文編劇，梁朝偉、劉嘉玲、李嘉欣、羽田美智子主演，係侯氏電影美學集大成之作。全片只有 37 個鏡頭組成，為典範的行雲流水般散文式舒緩風格的史詩級愛慾糾結的綿長詩篇。

# 焚寄胡波

親愛的胡導
我想了很久很久
輾轉反側幾個夜晚
還是決定寫這封信給您
隨著忌日
焚化給您在天之靈

我已上了年紀
兩鬢也已紛飛了好些年的皚皚雪花
我此刻的心緒
像銀杏飄滿一地的落葉黃
踽踽在暮年寂寥的路途
而思念如一頭噬心的獸
經常咬您來我夢中囁嚅

往事縈迴，纏悱您的
孤伶身影
想您在片中安排我演一個
下崗的老頭兒
我極盡洪荒之力想演好這個角色
而且還肩負帶好小孫女的戲
希望咱爺孫倆的演出
恰如其分

不知我倆的表演
胡導，您是否還滿意？

您透過我這個角兒這條線
想要反映現實生活中
親情悲涼，人口老化
安養長照的虛無議題
（其實，我對您安排我們去追尋
那頭大象，到現在我還不是很能理解）
拍片期間，我行住坐臥
分分秒秒都在揣摩這個角色
不敢絲毫怠惰
搞砸了您精心安排
四條線中
我這一條線的戲份

胡導，人間值得您萬般凝視
您卻不告而別
您像一顆燒夷彈
高高的炸亮
我們黑暗的心
發散人們空寂的靈魂

星月黯沉,蟲鳴唧唧
窗口的風
拂來寧謐的溫柔
我睏了,累了,想睡覺了
紙短情長
就此擱筆了
祈禱胡導在天上能夠
平安,靜好!

PS:
胡導,如果有輪迴,有來世
如果您下輩子轉世還是個導演
而我投胎也還是演員
我祈求您能再找我演出您的戲
因為演您的電影
如飲冷冽皎潔的醇酒
往往會有一股莫名的感動
一股從絕望到希望的感動
一股連綿不絕的
愛與救贖的錐心泣血的感動。

附註：電影《大象席地而坐》由胡波編劇導演，是胡波唯一一部長篇電影作品。章宇、彭昱暢、王玉雯、李從喜等主演。本片獲第 68 屆柏林影展費比西國際影評人獎、第 55 屆金馬獎最佳劇情長片、最佳改編劇本獎等。導演胡波（29 歲）於影片首映數月前的 2017 年 10 月 12 日自殺，本片是他的遺作。本詩是一首悼懷詩，透過劇中落魄老人王金（李從喜飾）這個角色的口吻寫信悼念已故導演胡波。

輯四・凝視

# 附　錄

## 《愛的時光隧道》
## 作品發表時間及刊物

**序詩**

足跡　　　　　　2023 年 11 月 25 日《更生日報副刊》。

---

## 輯一　熱傷害世代

乾裂鏡像　　　　2022 年 1 月 21 日《更生日報副刊》。
生態七疊　　　　2022 年 11 月《葡萄園詩刊》第 236 期。
熱傷害八寫　　　2023 年 2 月《葡萄園詩刊》第 237 期。
燒焦的愛情五帖　2023 年 5 月《葡萄園詩刊》第 238 期。
燒夢　　　　　　2021 年 6 月 14 日《更生日報副刊》。
藍鵲叼菸　　　　2021 年 6 月 16 日《更生日報副刊》。
海龜吞塑　　　　2021 年 7 月 20 日《更生日報副刊》。
九蛙飛天　　　　2021 年 8 月 5 日《更生日報副刊》。
血月　　　　　　2021 年 8 月 28 日《更生日報副刊》。
殘藕　　　　　　2023 年 8 月《葡萄園詩刊》第 239 期。
鬼針草　　　　　2023 年 8 月《葡萄園詩刊》第 239 期。
機器人天候　　　2023 年 8 月《葡萄園詩刊》第 239 期。

---

## 輯二　時光隧道

鰹仔魚之味　　　2022 年 4 月《人間魚詩生活誌》第 9 期。
母恩五月　　　　2022 年 4 月《人間魚詩生活誌》第 9 期。
騎馬打仗　　　　2023 年 9 月《人間魚詩生活誌》第 14 期。
紅蟳走路　　　　2022 年《人間魚月電子詩報》第 31 期。
時間的腳勁　　　2023 年 9 月《人間魚詩生活誌》第 14 期。
荒村履痕　　　　2022 年 2 月《葡萄園詩刊》第 233 期。
冬雨小站　　　　2022 年 2 月《葡萄園詩刊》第 233 期。
薪傳　　　　　　2022 年 8 月《葡萄園詩刊》第 235 期。
飛升舞落　　　　2022 年 8 月《葡萄園詩刊》第 235 期。
招潮蟹　　　　　2023 年 1 月《人間魚詩生活誌》第 12 期。
親情回眸　　　　2023 年 1 月《人間魚詩生活誌》第 12 期。

| | |
|---|---|
| 植牙 | 2021年10月13日《更生日報副刊》。 |
| 思覺迷因錄 | 2022年5月《台客詩刊》第28期。 |
| 灰白的夢魘 | 2022年10月《乾坤詩刊》第104期。 |
| 秋思冬念 | 2022年11月《葡萄園詩刊》第236期。 |
| 煎魚 | 2022年10月《人間魚詩生活誌》第11期。 |
| 蛋蛋傳奇 | 2022年《人間魚月電子詩報》第33期。 |
| 時間的色澤 | 2022年10月《人間魚詩生活誌》第11期。 |
| 洗心革面 | 2022年11月《金門文藝》第74期。 |
| 台北的天空 | 2023年1月《人間魚詩生活誌》第12期。 |
| 乾涸的夢鄉 | 2023年3月29日《更生日報副刊》。 |
| 公事包 | 2023年3月4日《更生日報副刊》。 |
| 偽出國 | 2022年8月15日《更生日報副刊》。 |
| 春之台灣欒樹 | 2022年11月5日《更生日報副刊》。 |
| 夏之台灣欒樹 | 2022年11月19日《更生日報副刊》。 |
| 秋之台灣欒樹 | 2022年11月28日《更生日報副刊》。 |
| 冬之台灣欒樹 | 2022年12月21日《更生日報副刊》。 |
| 礦坑裡的曲調 | 2024年1月9日《更生日報副刊》。 |
| 即刻救援 | 2024年2月1日《更生日報副刊》。 |

## 輯三　戰火浮生錄

| | |
|---|---|
| 愛情三疊 | 2023年1月《從容文學》第32期。 |
| 喝一口夜深人靜的烽煙 | 2022年5月《葡萄園詩刊》第234期。 |
| 戰地毛小孩 | 2022年5月《葡萄園詩刊》第234期。 |
| 雪落無痕 | 2022年8月《台客詩刊》第29期。 |
| 夜晚的英雄 | 2022年7月《人間魚詩生活誌》第10期。 |
| 出征的詩魂 | 2022年7月《人間魚詩生活誌》第10期。 |
| 地雷的獨白 | 2022年《人間魚月電子詩報》第36期。 |
| 基輔夜未眠 | 2022年4月《人間魚詩生活誌》第9期。 |
| 還至本處 | 2022年4月《人間魚詩生活誌》第9期。 |

| | |
|---|---|
| 疑惑 | 2022年4月《人間魚詩生活誌》第9期。 |
| 丟香菇 | 2022年4月《人間魚詩生活誌》第9期。 |
| 馬賽克 | 2022年10月《人間魚詩生活誌》第11期。 |
| 城市與廣場的絮語 | 2022年《人間魚月電子詩報》第36期。 |
| 匿名者 | 2022年《人間魚月電子詩報》第36期。 |
| 髮祭 | 2022年《人間魚月電子詩報》第35期。 |
| 萬人坑 | 2022年《人間魚月電子詩報》第35期。 |
| 洗碗 | 2022年《人間魚月電子詩報》第36期。 |
| 橫詩遍野 | 2022年《人間魚月電子詩報》第36期。 |
| 五臟六腑的躁動 | 2022年9月8日《更生日報副刊》。 |
| 秋聲無語 | 2023年2月21日《更生日報副刊》。 |
| 夢中灰燼──悼台灣勇士曾聖光 | 2023年5月《人間魚詩生活誌》第13期。 |
| 夢迴老人窩 | 2024年2月25日《更生日報副刊》。 |

## 輯四　凝視

| | |
|---|---|
| 蝴蝶游泳──寄是枝裕和 | 2023年5月《人間魚詩生活誌》第13期。 |
| 愛是支離破碎的雲 | 2022年《人間魚月電子詩報》第30期。 |
| 星艦迷蹤進行曲 | 2022年《人間魚月電子詩報》第30期。 |
| 不變的變奏曲 | 2022年《人間魚月電子詩報》第30期。 |
| 花樣情緣 | 2022年《人間魚月電子詩報》第30期。 |
| 焚寄胡波 | 2022年《人間魚月電子詩報》第30期。 |

國家圖書館出版品預行編目(CIP)資料

愛的時光隧道：江郎財進詩集/江郎財進作. --
初版. -- 新北市：讀冊文化事業有限公司,
2024.09

216面；21x14.8公分

ISBN 978-626-95752-6-8(平裝)

863.51    113012079

# 愛的時光隧道
## 江郎財進 詩集

作　　者｜江郎財進
發 行 人｜陳柏夙
出 版 者｜讀冊文化事業有限公司
地　　址｜新北市新店區安和路三段25號5樓
E－mail｜ccchen5@pu.edu.tw
總 經 銷｜紅螞蟻圖書有限公司
地　　址｜台北市內湖區舊宗路二段121巷19號
電　　話｜02-27953656

畫　　作｜台西桃
美　　編｜解構創意廣告設計公司
校　　對｜江郎財進
印　　刷｜芃程實業有限公司
出版日期｜2024年9月初版一刷
定　　價｜新台幣350元
Ｉ Ｓ Ｂ Ｎ｜978-626-95752-6-8(平裝)

版權所有　翻印必究
(本書如有缺頁或破損，請寄回更換)